Chère lectrice,

Pour bien commencer l'année, rien de tel que les romans Horizon que j'ai spécialement sélectionnés pour vous ! Dans *Une maman à chérir* (n° 2093), vous découvrirez l'histoire bouleversante de Phoebe qui, de retour dans sa ville natale, se rend compte qu'elle est toujours éprise de son amour de jeunesse… Terri, elle, ne sait que penser quand elle s'aperçoit que l'homme accidenté au chevet duquel elle a été appelée n'est pas son ex-mari, comme on le lui a dit, mais… un parfait inconnu ! (*Une union heureuse*, n° 2094). Jeremiah et Benjamin se révèlent quant à eux être de sacrés garnements, qu'Amy aurait bien du mal à garder sans l'aide du séduisant Pierce… (*Une famille rêvée*, n° 2095). Enfin, dans *Les jeux de l'amour* (n° 2096), vous verrez dans quelle folle aventure se sont lancés Claire et Mark…

Je vous souhaite une très bonne année 2007 et une excellente lecture !

La responsable de collection

D1146746

Une union heureuse

REBECCA WINTERS

Une union heureuse

COLLECTION HORIZON

*éditions*Harlequin

Si vous achetez ce livre privé de tout ou partie de sa couverture, nous vous signalons qu'il est en vente irrégulière. Il est considéré comme « invendu » et l'éditeur comme l'auteur n'ont reçu aucun paiement pour ce livre « détérioré ».

Cet ouvrage a été publié en langue anglaise sous le titre :
THE TYCOON'S PROPOSITION

Traduction française de
MARIE-JOSÉE LACUBE

HARLEQUIN®

est une marque déposée du Groupe Harlequin
et Horizon® est une marque déposée d'Harlequin S.A.

Toute représentation ou reproduction, par quelque procédé que ce soit, constituerait une contrefaçon sanctionnée par les articles 425 et suivants du Code pénal.
© 2002, Rebecca Winters. © 2007, Traduction française : Harlequin S.A.
83-85, boulevard Vincent-Auriol, 75013 PARIS — Tél. : 01 42 16 63 63
Service Lectrices — Tél. : 01 45 82 47 47
ISBN 978-2-2801-4511-4 — ISSN 0993-4456

1.

— Tu ne m'invites pas à entrer ?

Matt Watkins était un homme au physique agréable. Divorcé, il n'était installé que depuis peu à Lead, où il était gérant d'une grande station-service.

C'était leur premier rendez-vous, mais Terri Jeppson savait déjà qu'elle ne souhaiterait pas le revoir. Sentant bien qu'il cherchait à tout prix à refaire sa vie, elle préférait ne pas lui donner de faux espoirs.

— Désolée, Matt, mais je dois me lever de bonne heure demain matin et…

— Tu es encore amoureuse de ton ex, la coupa-t-il d'un ton attristé plus que fâché.

Elle s'abstint de lui dire que son amour pour Richard s'était éteint bien avant la fin de leurs six années de mariage.

— Peut-être, répondit-elle en détournant le regard. Sans doute est-ce de sortir avec un autre homme qui m'en a fait prendre conscience. Excuse-moi.

Ce prétexte-là, au moins, ne lui ferait pas de peine.

— Et merci pour cette très agréable soirée, ajouta-t-elle.

— Quand tu ne penseras plus à lui, fais-moi signe.

Elle hocha la tête avant de refermer la porte de son appartement, heureuse de ne plus avoir à mentir. Sans même réfléchir, elle enfonça la touche du répondeur.

En tant que directrice adjointe de la chambre de commerce des Black Hills, dans le Dakota du Sud, elle recevait beaucoup d'appels, qu'elle faisait transférer sur sa ligne personnelle après ses heures de travail. C'était l'été qu'il y en avait le plus, compte tenu du grand nombre de touristes qui souhaitaient séjourner dans les environs, attirés par le mont Rushmore.

Le premier message lui avait été laissé par sa mère, et le deuxième par sa sœur, Beth, qui vivait elle aussi à Lead avec son mari, Tom. Les deux femmes souhaitaient tant qu'elle rencontre enfin un homme « valable » qu'elles allaient être déçues en apprenant qu'elle ne comptait pas revoir Matt.

Le troisième message commençait par : « Madame Jeppson ? Je suis Martha Shaw, l'assistante de Creighton Herrick. »

« Ce devait être un appel professionnel », songea Terri. Elle se concentra pour écouter la suite.

« Je vous appelle du siège de la Herrick Corporation, à Houston, au Texas. Votre mari, Richard, a été victime d'un accident sur son lieu de travail. Pourriez-vous vous rendre sur place aussi vite que possible ? Nous vous avons obtenu en urgence un visa pour l'Equateur. Comme vous n'aurez pas à aller dans la jungle, vous n'avez pas besoin de vaccins particuliers. La société prendra en charge tous vos frais. Appelez-moi au numéro suivant à n'importe quelle heure du jour ou de la nuit pour que je puisse m'occuper de vos réservations d'avion et d'hôtel. »

Terri nota le numéro d'une main tremblante et raccrocha, en état de choc.

Richard et elle étaient séparés depuis dix-huit mois et divorcés depuis près d'un an. Ils ne s'étaient pas parlé depuis, et pour elle, il était définitivement sorti de sa vie.

Pourquoi aurait-il fait croire qu'ils étaient encore mariés alors qu'il semblait plutôt se réjouir de son statut d'homme libre ?

Par ailleurs, elle ne l'imaginait vraiment pas partant exercer son métier ailleurs qu'aux Etats-Unis, à moins qu'on ne lui ait fait une proposition extrêmement alléchante.

Tout cela était bien mystérieux. Cependant, il devait être très mal en point pour que sa société ait jugé nécessaire de la prévenir.

Elle composa aussitôt le numéro indiqué.

— Martha Shaw, répondit une voix féminine dès la seconde sonnerie.

— Madame Shaw ? Je suis Terri Jeppson.

— Ah ! Je suis contente que vous ayez eu mon message.

— Je vous remercie de m'avoir appelée. Richard est-il dans un état grave ?

— Je n'ai malheureusement aucune précision, je suis désolée. C'est une employée de nos bureaux de Guayaquil qui a téléphoné ici, à Houston, pour nous informer de l'accident. Elle-même n'en savait pas plus, car le chantier se trouve à des kilomètres de la ville. Le message a dû transiter par plusieurs intermédiaires. Dès votre arrivée en Equateur, contactez nos bureaux sur place. Je vais vous donner le numéro. Entre-temps, ils en sauront sûrement davantage et pourront vous dire dans quel hôpital votre mari a été transporté. Le plus important est que vous vous rendiez là-bas le plus vite possible.

Cinq minutes plus tard, toutes les réservations de

Terri étaient faites. Après avoir remercié Martha Shaw, elle appela son supérieur pour lui demander un congé exceptionnel. Le directeur de la chambre de commerce, Ray Gladstone, se montra tout à fait compréhensif.

Terri téléphona ensuite à sa mère. Ses parents en voulaient à Richard de l'avoir fait souffrir pendant tant d'années, mais sa mère reconnut qu'elle ne pouvait pas l'abandonner en de pareilles circonstances.

Elle avait du mal à se rappeler avoir été amoureuse de lui un jour. Richard venait de Spearfish, où il avait été élevé par sa tante et son oncle, qui lui avait appris le métier de vitrier. Après leur disparition, il avait trouvé une place à Lead. C'est ainsi que Terri avait fait sa connaissance et qu'ils s'étaient mariés. A l'époque, elle n'avait pas encore découvert ses défauts.

Mais son instabilité s'était révélée peu à peu ; il ne restait jamais longtemps chez le même patron, dans la même ville, dans le même Etat. Il lui fallait toujours plus d'argent, une meilleure place. Terri le soupçonnait aussi de fréquenter d'autres femmes et avait deviné qu'il buvait, malgré ses tentatives pour le lui cacher. L'homme qui n'avait pas réussi à la combler en tant que mari ne lui manquait pas du tout ; pourtant, dans un coin de son cœur, elle gardait le souvenir émerveillé du garçon de vingt-deux ans aux yeux bleus rieurs qui lui avait un jour demandé de l'épouser.

Richard avait, en fait, plus de charme que de qualités réelles.

Et les longues périodes de séparation, son incapacité à se fixer, mais aussi les deux fausses couches dévastatrices que Terri avait vécues seule en son absence : tout cela avait contribué à la fin de leur mariage. Au fil des années, elle avait cessé d'avoir des sentiments pour lui.

Mais tout cela ne comptait plus, à présent. Il était loin, il n'avait plus de famille. Il avait besoin d'elle.

Dix-huit heures plus tard, Terri atterrissait, épuisée, à Guayaquil, une ville de près de huit millions d'habitants. Le climat chaud et sec la surprit agréablement, car elle s'était attendue à un degré d'humidité très élevé.

Aussitôt arrivée dans sa chambre d'hôtel, elle appela le numéro que lui avait donné Martha Shaw. La réceptionniste de la société pour laquelle Richard travaillait la passa de poste en poste jusqu'à ce qu'enfin une personne puisse lui indiquer que ce dernier avait été transporté à l'hôpital San Lorenzo. On n'en savait pas plus.

Terri prit une douche et enfila une jupe et un chemisier propres. Elle changea quelques chèques de voyage en monnaie locale, puis monta dans un des taxis qui attendaient devant l'hôtel.

Elle avait séjourné plusieurs fois à Los Angeles et à New York, mais la circulation de cette fin d'après-midi à Guayaquil lui parut encore plus terrifiante.

Elle remercia le ciel d'être arrivée entière à l'hôpital.

Lorsqu'elle se présenta au Dr Dominguez, qui effectuait sa visite du soir à l'étage, le regard noir du vieux médecin se posa sur elle avec un intérêt masculin évident.

— Votre mari va être content de vous voir, lui dit-il avec un fort accent espagnol. D'après le pêcheur qui l'a amené ici il y a trois jours, il a répété votre nom plusieurs fois avant de perdre connaissance. Comme il n'avait aucun papier sur lui, il a fallu un certain temps à l'administration de l'hôpital pour comprendre qu'il travaillait pour la Herrick Corporation.

Sans prendre la peine de lui expliquer que Richard n'était plus son mari, Terri lui demanda d'un ton inquiet :

— Cela veut-il dire qu'il est encore dans le coma ?

— Non, non. Il s'est réveillé, mais il est très agité. Je pense qu'après vous avoir vue il va enfin pouvoir trouver le repos dont il a besoin.

— Parlez-moi de son état, docteur.

— Ses jours ne sont pas en danger. Les blessures au visage ont été recousues, et il a des brûlures superficielles sur les mains qui guériront assez vite. Dès que son épaule luxée sera remise en place, il ira mieux. Mais sa blessure la plus grave se situe au niveau de la gorge. Après l'accident, il a dû avaler avec l'eau de mer un produit corrosif qui la lui a brûlée.

— C'est affreux ! s'exclama Terri.

— Ne vous inquiétez pas. Les muqueuses commencent à se reformer ; mais comme sa gorge est enflée, il ne peut pas parler. Ça ira mieux dans quelques jours. Il pourra alors nous dire ce qui lui est arrivé. En attendant, nous lui avons bandé la tête et le visage pour protéger les points de suture. Il a eu de la chance que les coupures se situent à la racine des cheveux et sous le menton. Ainsi, il ne sera pas défiguré.

— Est-ce que je peux le voir ?

— Bien sûr. Sœur Angélique va vous conduire jusqu'à lui.

Il donna aussitôt des instructions en espagnol à la religieuse, qui emmena Terri le long des couloirs.

Lorsqu'elle entra dans la chambre et aperçut son ex-mari, le visage entièrement recouvert de bandelettes, Terri ne put retenir un petit cri.

14

Richard tourna imperceptiblement la tête vers elle. La religieuse mit alors un doigt sur sa bouche pour lui faire comprendre qu'elle devait cacher son émoi.

Honteuse de son manque de retenue, Terri acquiesça d'un signe de tête, puis s'approcha du lit.

Le bras droit de Richard était en écharpe. Des perfusions entraient dans ses deux poignets. Ses mains étaient couvertes de sortes de mitaines de gaze blanche. Et un masque à oxygène lui cachait le nez. Terri faillit suffoquer.

— Richard ? dit-elle doucement. C'est Terri. J'ai pris l'avion dès qu'on m'a avertie.

Un petit son bizarre s'échappa de la bouche de son ex-mari.

— Non, ne fais pas d'effort. Le médecin a dit que tu retrouveras plus vite l'usage de tes cordes vocales si tu ne parles pas. Je vais rester simplement assise près de toi. Aussi longtemps que tu le souhaiteras.

Après avoir rapproché une chaise, elle s'assit.

La religieuse lui marqua son approbation d'un sourire avant de quitter la pièce.

Richard, qui jouait au football à l'université, était un grand gaillard d'un mètre quatre-vingts tout en muscles. Mais sous ses bandages, il paraissait encore plus grand. Dans la pénombre, Terri distinguait seulement une petite partie de son épaule gauche, qui n'était pas bandée. Sa couleur brun doré était sans doute due à des mois de travail sous le soleil.

Un nouveau son étouffé sortit de la bouche du blessé et il leva lentement la main gauche. Richard, qui était habituellement très agité, devait souffrir terriblement pour se contenter de gestes aussi mesurés. Elle tapota doucement sa jambe couverte par le drap.

— Le médecin m'a dit que tu allais guérir. Tes cicatrices sur le visage seront si discrètes que tu n'auras même pas besoin de chirurgie esthétique.

Les jambes bougèrent sous le drap. Il souffrait sûrement beaucoup.

Le revoir dans ces circonstances après dix-huit mois de séparation et le divorce n'était pas facile ; la jeune femme avait plus que jamais l'impression de se trouver en présence d'un inconnu.

— Il paraît que tu as répété plusieurs fois mon nom au pêcheur qui t'a sauvé la vie. Et je suis étonnée qu'à l'embauche tu aies déclaré être encore marié, alors que tu souhaitais autant que moi le divorce. Mais peu importe ; la Herrick Corporation m'a contactée et je suis là. Je ne pouvais pas te laisser seul dans cet état.

Il leva de nouveau le bras et le frotta contre le sien. Etait-ce sa façon de la remercier d'être venue ?

— Ray a accepté de me laisser partir du jour au

16

lendemain, reprit-elle. Il te souhaite un prompt rétablissement. Et toute ma famille aussi.

Tout en cherchant ce qu'elle pourrait bien lui dire d'autre, elle se rendit compte qu'elle éprouvait de la compassion devant son état d'impuissance.

— Je ne savais même pas que tu avais trouvé un emploi en Amérique du Sud. D'après le médecin, tu pourras recommencer à parler dans quelques jours. Tu pourras alors tout m'expliquer. Si tu veux que je prévienne tes amis, dis-le-moi. Je ferai mon possible pour les contacter.

Au son qui sortit de la gorge de Richard et devant son effort pour redresser la tête, elle se demanda si sa présence ne le perturbait pas plus qu'elle ne l'apaisait. Elle se leva.

— Bon, il faut que tu te reposes, Richard. Je m'en vais, mais je te promets de revenir demain matin.

Inquiète de l'entendre gémir plus fort que précédemment, elle sortit de la chambre et se précipita vers le box des infirmières. Une longue minute s'écoula avant qu'elle ne voie le médecin arriver du bout du couloir.

— Vous partez déjà ? lui demanda-t-il, visiblement étonné.

— J'ai eu l'impression que ma présence lui faisait plus de mal que de bien.

— C'était sûrement l'excitation de revoir sa jolie femme, répondit le docteur avec un petit sourire en coin.

« Tu parles ! songea Terri. Si c'était le cas, il n'y aurait jamais eu de divorce. »

— De vous savoir ici devrait l'aider à se rétablir plus rapidement, poursuivit le médecin.

— Docteur Dominguez, il faut que vous le sachiez : Richard et moi sommes divorcés depuis onze mois et n'avons plus eu aucun contact depuis. Je ne savais même pas où il vivait quand j'ai reçu l'appel de la Herrick Corporation. Franchement, je ne sais pas pourquoi il a prétendu que nous étions encore mariés. Il me l'expliquera certainement plus tard. Pour l'instant, ce qui m'importe, c'est qu'il se rétablisse au plus vite. Mais il cherche désespérément à me parler et j'ai peur que ce ne soit mauvais pour sa gorge. Je lui ai dit que je reviendrai demain matin. Je suis descendue à l'Ecuador Inn. Vous pouvez m'y joindre à n'importe quelle heure.

— Très bien, commenta le vieux médecin, intrigué par ces révélations.

— Docteur, ajouta Terri, ne peut-on lui donner un calmant ? Il est vraiment très agité.

— On lui en donne déjà beaucoup. C'est de vous voir qui a dû causer cette agitation. Peut-être, en fin de compte, éprouve-t-il des regrets d'avoir divorcé ? Le bonheur s'apprécie surtout quand on l'a perdu, c'est bien connu. Ces retrouvailles ne pourraient-elles être l'occasion d'une réconciliation ?

— Docteur Dominguez, il n'y a plus de sentiments amoureux entre nous depuis longtemps, répondit Terri d'un ton ferme. Cela ne m'empêche pas de me soucier de son état de santé.

— Rassurez-vous, nous faisons tout ce qu'il faut pour le remettre sur pied.

— Merci. Alors à demain.

Une fois de retour dans sa chambre d'hôtel, Terri se fit monter un repas, qu'elle mangea avec appétit tout en téléphonant à sa mère, puis à sa sœur, Beth.

Celle-ci avait une explication au mensonge de Richard : la Herrick Corporation n'envoyait peut-être que des employés mariés sur ses chantiers à l'étranger. Terri n'y avait pas pensé. Demain, après avoir vu Richard, elle se rendrait aux bureaux de la société.

Malgré sa fatigue, elle eut du mal à trouver le sommeil, mais finit par s'endormir devant un programme de télévision en espagnol.

Le lendemain matin, elle se réveilla vers 9 heures.

Guayaquil était une grande ville portuaire, et la

proximité de l'océan rendait la chaleur tout à fait supportable pour un mois de juillet.

Pendant le trajet en taxi jusqu'à l'hôpital, elle prit plaisir à regarder les femmes dans la rue. Beaucoup d'entre elles étaient très jolies avec leurs longs cheveux noirs et leur peau mate, et elle se dit que Richard avait dû se plaire dans cette ville.

Mais soudain, ce terrible accident qui avait failli lui coûter la vie était survenu. Elle savait qu'il aimait pêcher. Etait-il parti seul sur un petit bateau ? Quelqu'un d'autre avait-il été blessé ? Terri avait hâte d'obtenir des réponses. Mais elle devrait attendre que la gorge de son ex-mari aille mieux.

Quand elle arriva à sa chambre, un jeune médecin était penché sur Richard.

— Entrez, *señora* Jeppson. Je suis le Dr Fortuna, se présenta-t-il. Nous vous attendions.

Manifestement, le Dr Dominguez n'avait pas encore expliqué à son équipe médicale qu'ils étaient divorcés.

— Si votre mari pouvait parler, il vous dirait sans doute qu'il est heureux de vous voir. Je vérifie ses points de suture. Sa blessure au menton ne s'est pas infectée, c'est bien.

Rassurée, Terri le regarda dérouler le bandage qui descendait jusqu'au bas du front de Richard. Celui-ci n'avait plus de masque à oxygène. Elle vit apparaître le sommet de son crâne. Lui qui avait toujours aimé porter les cheveux très courts avait dû décider de les laisser pousser depuis son arrivée en Amérique du Sud : il en avait bien cinq centimètres sur la tête !

Le médecin exprima sa satisfaction en soulevant le pansement.

— Parfait. La profonde entaille que vous aviez a quasiment disparu. Ne bougez pas, je vais vous remettre un pansement propre. Si la plaie ne s'infecte pas, demain nous pourrons vous enlever ces bandages.

Richard devait se sentir soulagé à l'idée d'être libéré de ce carcan. Il aurait sans doute tout arraché s'il l'avait pu.

— Et ses brûlures, docteur ? demanda Terri.

— Elles vont mieux aussi. Demain, nous débanderons ses mains pour lui libérer les doigts. Quant à sa capacité respiratoire, il l'a retrouvée à quatre-vingt-quinze pour cent.

— Et son épaule ?

— Elle était luxée, mais le chirurgien l'a remise en place. Il suffira que votre mari garde le bras en écharpe trois ou quatre semaines. Il faut dire à son crédit qu'il a une forme physique étonnante. A-t-il toujours fait du sport ?

— Pas à ma connaissance, à part à l'université quand il jouait au football.

Peut-être fréquentait-il un club de sport depuis dix-huit mois ? Elle l'ignorait.

— Et sa gorge ? Va-t-elle guérir complètement ?

— Dans quelques jours, elle sera comme neuve, répondit le médecin avec un sourire.

— J'ai tellement hâte qu'il aille mieux. Puis-je faire quelque chose pour lui dans l'immédiat ?

Le jeune médecin finit de remettre le bandage, transformant Richard en une sorte de momie, puis il redescendit la tête du lit presque à l'horizontale.

— Oui. Vous pourriez lui masser les pieds et les jambes avec la lotion posée sur la table. Cela le détendra et l'aidera à dormir.

— Je vais le faire.

— Votre mari doit être heureux d'avoir une femme aussi charmante auprès de lui.

Terri s'abstint de reprendre le médecin. Néanmoins, si un massage pouvait atténuer la douleur de Richard, elle était toute prête à le lui prodiguer.

Quand l'interne fut sorti, elle se pencha vers lui.

— Je suis impressionnée par la façon dont on s'occupe de toi ici, dit-elle avec douceur. Demain, tu seras enfin libéré de tous tes bandages. Tu dois avoir tellement hâte qu'on te les enlève ! En attendant, je vais faire ce que le médecin m'a suggéré.

Elle alla prendre la lotion sur la table, revint au pied du lit et écarta le drap pour dégager la jambe gauche de Richard. Puis, après avoir versé une goutte dans le creux de sa main, elle attaqua le massage.

Mais dès que ses mains furent en contact avec la peau du blessé, elle se figea sur place.

Mon Dieu ! Ce n'était pas Richard !

Cette longue jambe brune et musclée n'appartenait pas à son ex-mari ! Richard avait les mollets plus ronds et les pieds plus larges.

Terri se mit à trembler. Elle se précipita pour allumer la lampe placée au-dessus du lit et se pencha sur le blessé.

Ses yeux gris bordés de longs cils noirs la fixaient avec une expression torturée. Il cherchait désespérément à lui dire quelque chose, elle en avait la certitude.

— Pauvre homme, murmura-t-elle. Tout le monde vous prend pour mon ex-mari. Pas étonnant que vous soyez si agité.

Elle prit son gémissement pour une confirmation et des larmes lui montèrent aux yeux.

— Je suis désolée de n'avoir pas découvert la vérité plus tôt, murmura-t-elle. Hier soir, à mon arrivée, la lumière au-dessus du lit était éteinte pour que vous puissiez dormir. Si j'avais pu voir vos yeux, j'aurais tout de suite su que vous n'étiez pas Richard.

Après quelques secondes de silence, elle ajouta :

— Le pêcheur qui vous a amené ici dit que vous avez prononcé mon nom à plusieurs reprises. Cela signifie que vous connaissez Richard. Sans doute êtes-vous des amis ou des collègues de travail. Etiez-vous ensemble quand l'accident s'est produit ?

L'inconnu souleva sa tête pour la hocher, mais cela lui demanda manifestement un terrible effort. « En tout cas, il comprenait l'anglais », songea Terri.

— Restez tranquille. Je vous en supplie, ne vous fatiguez pas. Vous avez sans doute de la famille ou des amis qui sont très inquiets à votre sujet à l'heure qu'il est. Je vais tout de suite prévenir les infirmières, puis j'irai voir la police pour savoir si la Herrick Corporation ou une personne de votre entourage n'aurait pas signalé votre disparition. Quant à Richard, on l'a peut-être transporté dans un autre hôpital de la ville.

Cette fois, l'inconnu fit non de la tête.

Terri cherchait à comprendre.

— S'il n'est pas à l'hôpital, savez-vous où il est ?

L'inconnu acquiesça d'un mouvement de tête, mais il paraissait complètement exténué et ses paupières se fermèrent. Il devait terriblement souffrir.

— Très bien. Essayez de dormir à présent. Je vous promets de revenir dès que possible.

Elle rabattit doucement le drap sur sa jambe, puis elle reposa le flacon de lotion sur la table, ramassa son sac et s'en alla au plus vite.

A son grand soulagement, le même médecin que la veille se trouvait dans le bureau des infirmières de l'étage. Elle le prit à part pour lui expliquer ce qu'elle venait de découvrir.

Il en fut abasourdi, et lui promit de prévenir le personnel soignant et la direction de l'hôpital.

Une demi-heure plus tard, Terri faisait part de sa découverte au capitaine Ortiz, un inspecteur de police du commissariat principal de Guayaquil. Il n'avait pas eu vent d'un accident survenu en mer et lui posa une foule de questions.

Terri donna une description détaillée de son ex-mari, mais ne put pas lui en dire beaucoup sur l'inconnu. Le capitaine la prévint qu'il allait envoyer un inspecteur interroger les médecins qui s'occupaient de lui. Par ailleurs, on en saurait davantage après avoir retrouvé le pêcheur qui avait amené le blessé à l'hôpital.

De son côté, Terri l'informa qu'elle allait se renseigner pour savoir où vivait Richard. D'après l'inconnu, il ne se trouvait pas à l'hôpital. Cela pouvait laisser supposer qu'il n'avait pas été blessé, ou à peine, et se remettait de l'accident chez lui.

Lorsqu'ils se dirent au revoir, le capitaine et elle convinrent que le premier des deux qui aurait des nouvelles en informerait l'autre.

Après être sortie du commissariat, Terri se rendit en taxi au siège de la société Herrick. Le chauffeur savait où il se trouvait : dans un bel immeuble de bureaux situé en plein cœur de la ville.

La beauté latino-américaine qui accueillit Terri lui expliqua qu'elle ne pouvait communiquer aucun renseignement d'ordre privé sur un membre du personnel. Cependant, son ton changea lorsque la jeune femme mentionna le nom de Martha Shaw, la secrétaire de Creighton Herrick. Après un rapide coup de fil, elle chercha l'adresse de Richard sur son ordinateur. Il n'y avait pas de numéro de téléphone.

D'après le chauffeur du taxi qu'elle prit devant l'immeuble, l'endroit se trouvait en banlieue, à environ quarante kilomètres au sud de la ville, ce qui représentait près d'une heure de trajet. Terri lui tendit un billet de cinquante dollars pour l'aller-retour et s'installa à l'arrière.

La circulation était moins intense en ce début d'après-midi, et cinquante minutes plus tard, le taxi la déposait devant un petit immeuble de trois étages mal entretenu, planté au milieu d'un terrain vague.

Terri demanda au chauffeur de l'attendre. Elle voulait être sûre de pouvoir repartir en centre-ville si Richard n'était pas là. Un groupe d'enfants qui jouait sur les marches du perron la regarda entrer dans le hall avec curiosité.

L'appartement numéro dix se trouvait au deuxième étage. Elle frappa à la porte. N'obtenant pas de réponse, elle appela :

— Richard ? C'est Terri. Réponds-moi. On m'a prévenue que tu avais eu un accident et j'ai pris le premier avion pour venir te voir.

Toujours pas de réponse. Craignant qu'il soit présent mais incapable de se déplacer jusqu'à la porte, elle se dit qu'il ne l'avait peut-être pas fermée à clé, et essaya de tourner la poignée.

Un hurlement strident lui parvint de l'intérieur. Elle n'aurait pas su dire qui avait eu le plus peur.

Par l'entrebâillement de la porte retenue par la chaîne, elle aperçut une femme, beaucoup plus jeune qu'elle. Avec ses longs cheveux noir de jais et ses yeux de braise, elle était ravissante, et Terri concevait aisément qu'elle ait pu plaire à son ex-mari.

Sous le peignoir jaune de Richard, à en juger par son ventre rond, elle était bien enceinte de huit mois.

2.

— *Buenas tardes*, dit Terri. *Hablas inglés ?*

La jeune femme fit non de la tête tout en la fixant d'un regard peu amène.

Terri n'avait fait que deux ans d'espagnol au collège.

— *Por favor, donde está Richard ?* tenta-t-elle.

La jeune femme se mit à parler si vite qu'elle ne la comprit pas. Elle refit un essai :

— *Quiero hablar con Richard.*

Elle eut de nouveau droit à un torrent de paroles inintelligibles, puis la jeune femme lui claqua la porte au nez.

« Si Richard avait été dans l'appartement, il se serait sûrement manifesté », songea Terri. En tout cas, le fait que sa maîtresse paraisse plus furieuse que désespérée était plutôt rassurant. Sans doute attendait-elle son retour et se demandait ce que venait faire chez eux cette Américaine.

28

Seule la jalousie pouvait expliquer la grossièreté de son comportement. Richard ne lui avait manifestement pas parlé de son ex-femme, car il ne s'attendait sûrement pas à la revoir un jour. Et encore moins ici, à Guayaquil.

Terri retourna aussitôt à son taxi et se fit ramener en ville. Arrivée devant un grand magasin situé non loin de l'hôpital, elle demanda au chauffeur de la déposer.

A présent qu'elle était plus ou moins rassurée sur le sort de Richard, ses pensées se tournaient de nouveau vers l'inconnu qui gisait sur son lit d'hôpital. Le désespoir profond qu'elle avait lu dans ses beaux yeux gris la hantait.

Comme ce devait être effrayant de se réveiller dans un endroit inconnu, incapable de parler et entouré de gens vous prenant pour un autre !

S'il avait une femme, elle devait être folle d'inquiétude. Jusqu'à ce qu'un parent ou ami vienne le réclamer, Terri était bien décidée à rester auprès de lui pour lui soutenir le moral et l'aider à se rétablir au plus vite. C'était bien le moins qu'elle puisse faire !

Une heure et demie plus tard, elle arriva à l'hôpital, les bras chargés de paquets. A l'étage, les aides-soignantes apportaient leur dîner aux patients. Elle s'arrêta au bureau des infirmières le temps de demander un plateau-repas, puis remonta le couloir jusqu'à la chambre du blessé.

— Bonsoir, dit-elle doucement pour ne pas le faire sursauter.

Il leva sa main gauche bandée pour la saluer. Au même moment, on lui apporta son repas. Elle posa tous ses paquets, rapprocha la chaise du lit et s'installa.

— Je me suis absentée plus longtemps que prévu, expliqua-t-elle. Tout d'abord, je suis allée au commissariat de police exposer la situation. Puis je me suis fait conduire en taxi au siège de la société Herrick. J'ai été tellement occupée que je n'ai rien mangé depuis le petit déjeuner. Je meurs de faim ! Si l'odeur de nourriture vous incommode, levez la main. J'irai manger dans le couloir.

Comme l'inconnu ne bougeait pas, elle en conclut qu'elle pouvait rester.

— Au siège, reprit-elle, j'ai réussi à obtenir, non sans mal, l'adresse de Richard. J'ai pris un autre taxi pour m'y rendre — c'est en banlieue —, mais il n'était pas à son appartement. Je n'y ai vu qu'une jeune femme enceinte. Vu l'état avancé de sa grossesse, Richard doit vivre avec elle depuis au moins huit mois.

Des sons indistincts s'échappèrent de la bouche de l'inconnu.

30

— Elle n'avait pas l'air très contente de me voir, continua Terri. J'ai tenté de lui dire quelques mots en espagnol, mais elle s'est mise à parler trop vite pour que je comprenne. J'essaierai de reprendre contact avec Richard par l'intermédiaire de quelqu'un de la société qui le connaît personnellement. Entre-temps, je voudrais vraiment pouvoir faire quelque chose pour vous.

Le poulet et les haricots étaient bons. Et le jus de mangue délicieux.

— Le capitaine Ortiz, que j'ai vu au commissariat central, va mener une enquête. Il n'avait pas entendu parler d'un accident survenu en mer, mais avec les indications que je lui ai fournies, il m'assure que nous en saurons plus sous peu, y compris sur votre identité. S'il ne nous donne pas de nouvelles d'ici quelques heures, je l'appellerai avant de partir.

Comme l'inconnu ne semblait pas protester, elle poursuivit.

— J'ai une idée : puisqu'on doit vous débander les mains demain matin, peut-être pourriez-vous, avec mon aide, écrire votre nom ou votre numéro de téléphone sur un papier ? Enfin, si cela ne vous fait pas trop mal… Et peut-être même un indice pour retrouver Richard. Nous allons bien finir par éclaircir ce mystère.

Après avoir reposé son plateau sur la table, elle s'approcha du lit. Cet homme avait enduré une telle souffrance morale qu'elle souhaitait lui apporter un peu de réconfort.

— Maintenant que j'ai mangé, je vais pouvoir vous offrir le massage des jambes que vous attendez.

Elle appliqua de la lotion sur sa jambe gauche et commença à la faire pénétrer tout en lui parlant.

— Quand j'étais au collège, j'ai lu *L'Homme invisible*. C'est l'histoire d'un savant qui, au cours d'une expérience, se rend invisible. Pour ne pas effrayer les gens, il se couvre le corps de bandages pour le matérialiser. Mais parfois, un chien ou un chat qui le pourchasse dans la rue commence à les dérouler. En ne voyant rien apparaître en dessous, les gens sont affolés et hurlent de terreur. Cette histoire m'est revenue à l'esprit hier quand je suis entrée dans votre chambre. Heureusement, ce matin, en m'approchant, j'ai vu de la vie dans votre regard.

L'inconnu émit un son dont il était impossible de deviner le sens.

— J'espère que je ne vous chatouille pas trop la plante des pieds, reprit-elle avec un sourire amusé.

Puis elle passa à l'autre jambe. C'était curieux comme elle trouvait tout naturel de s'occuper de ce parfait inconnu. La pénombre de la pièce renforçait l'impression d'intimité entre eux et elle s'en réjouissait.

— Figurez-vous, reprit-elle, que je n'ai pas la moindre idée de votre nationalité. Manifestement, vous comprenez l'anglais, mais vous pourriez venir d'un autre pays que l'Equateur. La situation fâcheuse dans laquelle vous vous trouvez a enflammé mon imagination. Je parie que vous n'êtes jamais allé dans le Dakota du Sud, aux Etats-Unis. C'est là que je vis ; à Lead, une petite ville juste au pied des Black Hills et du mont Rushmore. Mon diplôme de lettres en poche, j'ai commencé à travailler à la chambre de commerce locale. Au début, ce n'était pour moi que du temporaire, en attendant de trouver un poste d'enseignante intéressant. Mais finalement, le travail m'a tellement passionnée que j'y suis restée. Si vous me demandiez ce que j'y fais, je vous répondrais : un peu de tout. Quel que soit le problème qui se pose, je dois y trouver une solution. C'est cette diversité que j'adore dans mon métier. Et puis, là-bas, j'ai ma famille : ma mère et ma sœur. Beth a épousé Tom il y a trois mois et elle attend un bébé. Mon mariage avec Richard, vous le savez déjà, s'est soldé par un échec. Et voilà ! Vous savez à peu près tout de ma vie. J'espère que je ne vous ai pas trop ennuyé.

Après un dernier massage de la voûte plantaire,

33

elle reposa le pied droit de l'inconnu, puis rabattit le drap sur ses jambes.

— Puisqu'il n'y a pas de télévision ici, je vais vous lire la première page du journal d'aujourd'hui, que quelqu'un a laissé sur la table. Si l'espagnol est votre langue maternelle, pardonnez ma prononciation.

Terri se lava les mains, puis elle plaça sa chaise juste sous la lumière pour pouvoir déchiffrer les petits caractères du quotidien.

— Alors, que raconte *El Telegrafo* aujourd'hui ?

Terri commença à lire à haute voix l'article principal dans son espagnol hésitant.

Au bout de quelques lignes, elle reposa le journal.

— Si je savais ce que « *vinculante* » veut dire, je comprendrais mieux cette phrase. Désolée si la politique locale vous intéresse : je préfère arrêter.

A son grand étonnement, le corps de l'inconnu était agité de secousses. Elle bondit de sa chaise et s'approcha du lit avec inquiétude.

— Vous ne vous sentez pas bien ? Vous voulez que j'aille chercher le médecin ?

L'homme fit non en remuant la tête.

— Vous avez froid ?

Même mouvement de tête.

Terri réfléchit un instant.

— Vous riez ?

Cette fois, il acquiesça.

— Mon espagnol est mauvais à ce point ?

Il fit de nouveau non.

— Menteur.

Elle souriait, trouvant dans cette conversation solitaire plus de plaisir qu'elle n'en avait eu depuis bien longtemps.

— Je suis bien contente que vous puissiez rire, mais peut-être ne devriez-vous pas, à cause de vos points de suture sous le menton. Votre femme serait déçue de ne pas retrouver l'homme séduisant qu'elle a connu.

Il secoua la tête.

— Ne soyez pas modeste. J'ai vu vos yeux, ne l'oubliez pas. Et vos jambes ne sont pas mal non plus.

Il semblait de nouveau secoué de rire.

— Quelque chose me dit que sous ces bandages se cache un très beau garçon.

Elle alla ramasser ses achats de l'après-midi.

— Tenez, c'est pour vous. Ça devrait vous aller. A vue d'œil, vous mesurez environ un mètre quatre-vingts cinq. J'ai pensé que vous aimeriez porter quelque chose de plus flatteur qu'une blouse d'hôpital quand votre famille viendra vous voir.

35

Terri posa les paquets cadeaux sur la chaise et les ouvrit un à un pour lui en montrer le contenu.

— Je vous ai acheté un pyjama bleu marine et un peignoir assorti. Désolée si ça ne vous plaît pas, mais avec votre bronzage, vous devriez être superbe dedans. J'ai aussi pris ces mules en cuir. Demain, vous pourrez vous habiller avec ça. Vous vous sentirez quand même plus normal.

Laissant le tout sur la chaise, elle la repoussa contre le mur et revint au chevet de l'homme.

— Je suis déçue que le capitaine Ortiz n'ait pas appelé. Il n'a sans doute pas encore d'explications. Mais ne vous laissez pas abattre. Qui sait ? Demain matin en arrivant, peut-être vous trouverai-je entouré de monde. En attendant, vous avez besoin d'une bonne nuit de sommeil. Il vaut mieux que je vous laisse, il se fait tard.

En entendant cela, l'homme émit un borborygme en secouant la tête.

— Qu'y a-t-il ? Vous voulez que je reste encore un peu ?

Il fit oui.

— En fait, vous voulez que je vous aide à passer le temps, c'est ça ?

Son hochement de tête lui fit plaisir. Cela signifiait

que sa présence lui apportait un peu de réconfort. C'était bon de se sentir utile.

— Eh bien d'accord, je vais vous faire la conversation puisque vos oreilles, elles, vont bien. Mais ne soyez pas étonné si une infirmière vient vérifier que vous êtes encore en vie et me jette dehors. Bon, je vais ranger vos affaires dans le tiroir, comme ça, je pourrai m'asseoir près de vous.

Un instant plus tard, c'était chose faite.

— J'ai une autre idée, reprit Terri en s'installant. Quand ma sœur et moi étions petites, nous jouions à nous écrire dans le dos avec le doigt le nom d'acteurs ou d'actrices de cinéma pour nous les faire deviner. Je pourrais écrire le nom d'un continent sur votre jambe. Vous feriez oui avec la tête quand ce serait celui d'où vous venez.

Enthousiasmée par son idée, elle découvrit la jambe de l'homme et y traça les lettres du mot « Europe ». Pas de réaction.

— Et ça ? demanda-t-elle en essayant « Amérique du Sud ».

Toujours pas de réaction.

Celle-ci vint avec les mots « Amérique du Nord ».

— Vous êtes américain ?

Il fit oui d'un mouvement de tête. Terri bondit de sa chaise.

— J'aurais dû penser à ce jeu des devinettes plus tôt ! Est-ce que vous aussi, vous travaillez pour la société Herrick ?

Il opina.

— Très bien. Essayons d'épeler votre prénom. Je vais dire l'alphabet et vous lèverez doucement la main droite quand j'arriverai à la bonne lettre. « A », commença-t-elle. « B »...

Il leva la main.

— Bien. Deuxième lettre. « A... B... C... D... E... »

La main bougea.

Terri recommença. La troisième lettre était un N.

— Vous vous appelez Ben ! exulta-t-elle. C'est un diminutif pour Benjamin ?

L'homme fit oui.

Le cœur battant, elle lui proposa d'employer le même procédé pour son nom de famille.

Il commençait par un H.

En sept tours d'alphabet, il était épelé au complet : « Herrick ».

Terri cligna des yeux.

— C'est une coïncidence ? Vous portez le même nom que la société pour laquelle vous travaillez ?

L'homme hocha la tête négativement.

— Est-ce que cela veut dire que vous êtes le patron de la société ?

Ben hocha la tête et la fixa de ses yeux gris. Ceux de Terri s'agrandirent d'étonnement. Il les trouvait extraordinairement expressifs, et leur magnifique couleur bleu-violet lui rappelait les jolies campanules qui fleurissaient au printemps dans son ranch du Texas. Avec ses cheveux châtain doré mi-longs et sa bouche en forme de cœur, elle était vraiment adorable.

— Mais si c'est le cas, reprit-elle après un instant de réflexion, comment se fait-il que personne ne soit à votre recherche ? Le capitaine Ortiz ne m'a pas dit que le patron de votre société avait disparu. C'est insensé !

Puis elle se ressaisit.

— Enfin, le principal, c'est que vous soyez vivant et en bonne voie de rétablissement.

Il la regarda mordre sa lèvre inférieure. Que n'aurait-il donné pour pouvoir goûter à cette bouche tentante !

— Je vais appeler Martha Shaw pour l'informer que vous êtes ici. Comme ça, elle pourra prévenir votre famille.

Non, non ! Pas Martha.

Ben poussa un gémissement et leva sa main droite. Malheureusement, son ange blond ne lui prêtait plus aucune attention.

Encore abasourdie par sa découverte, Terri cherchait le numéro de téléphone dans son sac. Quand elle l'eut trouvé, elle se dirigea vers l'appareil mural placé près de la tête de lit.

A la sixième sonnerie, elle obtint enfin une réponse.

— Mademoiselle Shaw ? C'est Terri Jeppson.

— Oui, madame Jeppson. Comment va votre mari ?

— Je pense que ça va. Je ne l'ai pas encore vu, mais je vous appelle pour une autre raison...

Elle cherchait ses mots.

— Vous semblez bouleversée, remarqua Martha Shaw. Que se passe-t-il ?

— L'homme qui a été transporté à l'hôpital n'est pas mon mari, déclara Terri. Le problème, c'est qu'il a eu la gorge brûlée et ne peut pas s'exprimer. J'ai néanmoins trouvé un moyen de communiquer avec lui et il dit s'appeler Benjamin Herrick.

Il y eut un long silence à l'autre bout de la ligne.

— Ce serait *Ben* ? demanda Martha Shaw, qui semblait aussi secouée par la nouvelle que Terri.

— Oui. Je vais en informer la police, mais j'ai voulu vous appeler d'abord pour que vous puissiez prévenir sa famille. Car, bien sûr, jusqu'ici, il n'a reçu aucune visite. Cela fait aujourd'hui quatre jours qu'il est dans cet hôpital et ça a dû être épouvantable pour lui de ne pas pouvoir parler et révéler son identité.

Ben trouva extrêmement touchante l'émotion perceptible dans la voix de cette jeune femme qui semblait si soucieuse de son sort, alors qu'elle n'avait pas encore de nouvelles de son ex-mari.

— Il est gravement blessé ? demanda Martha Shaw d'une voix angoissée. Dites-moi la vérité.

« La nouvelle semblait vraiment l'atteindre personnellement, songea Terri. Comme si… »

Elle lui répéta ce que lui avait dit le Dr Fortuna.

— Merci mon Dieu, il est vivant ! Je vais tout de suite prévenir sa famille.

— Dites-leur qu'il est inutile de l'appeler ici, dans sa chambre. Il n'aura pas recouvré sa voix avant plusieurs jours. En revanche, le Dr Fortuna et le Dr Dominguez se feront certainement un plaisir de leur donner des explications détaillées.

— Très bien, je transmettrai… Madame Jeppson… ?

Martha Shaw avait pris un ton implorant.

— Vous voulez bien approcher le combiné de son oreille, s'il vous plaît ?

Cette femme était de toute évidence amoureuse de lui.

— Mais oui, bien sûr.

Terri se tourna vers Ben.

— Monsieur Herrick ?

Il émit un petit grognement de frustration. Maintenant qu'elle connaissait son identité, elle n'osait plus le traiter de la même façon que quand elle le croyait seul au monde et abandonné. *Quel dommage !*

— Mlle Shaw voudrait vous parler.

Il hocha la tête avec mauvaise humeur. Martha n'avait vraiment aucun amour-propre ! Elle aurait fait n'importe quoi pour arriver à ses fins. Malheureusement, pour l'instant, il était piégé.

Terri Jeppson posa délicatement le combiné du téléphone contre son oreille et le tint en place. Elle détournait ostensiblement les yeux pour lui assurer davantage d'intimité. Quelle jeune femme étonnante ! Il était vraiment sous le charme.

— Ben ? J'espère que tu m'entends ? C'est Martha ! Dieu soit loué, tu es vivant ! cria-t-elle d'une voix larmoyante. Cela fait plus d'une semaine que je laisse des messages sur ton répondeur. Comme tu ne me rappelais pas, j'ai pensé que tu étais fâché contre moi à cause de la lettre que je t'ai envoyée.

« Il était dégoûté, plutôt ! » pensa Ben.

— Je vais tout de suite prévenir Creighton pour qu'il puisse avertir tes parents. Ils vont sûrement vouloir venir te chercher pour te ramener à Houston. Je donnerais n'importe quoi pour pouvoir veiller sur ta convalescence moi-même, mais je sais que je n'en ai pas le droit. Enfin, pas encore.

Pas encore ?

— Oh ! Ben, j'ai si hâte de te revoir ! continua-t-elle. Cela fait si longtemps. Je sais que j'ai commis une grave erreur, mais ne crois-tu pas que je l'ai payée assez cher ?

Ben ne prêtait aucune attention aux lamentations de Martha. Il venait de prendre conscience du délicieux parfum de pêche qui émanait de la main de Terri.

Ces mains douces et féminines avaient procuré à son corps un tel plaisir que la douleur qui le taraudait avait disparu. Il aurait voulu que le massage ne s'arrête jamais.

— Je t'en supplie, Ben, promets-moi que nous pourrons reparler de tout ça, reprit Martha. J'ai toujours été amoureuse de toi, tu le sais. J'ai tant de choses à te dire…

Ben en avait assez. Il leva la main pour faire

43

comprendre à Terri qu'il souhaitait qu'elle raccroche. Elle reprit le combiné.

— Mademoiselle Shaw ?

— Je n'avais pas fini, lança sèchement Martha.

— Je suis désolée, mais M. Herrick m'a fait signe qu'il était fatigué. Si vous voulez essayer de le rappeler demain, il aura peut-être repris un peu de forces.

Ben hocha la tête pour lui signifier qu'elle disait exactement ce qu'il fallait.

— Vous croyez qu'il m'a entendue ? demanda Martha d'une voix geignarde.

Terri ne voulait pas se mêler de ce qui ne la regardait pas.

— Oui, bien sûr.

— Merci de m'avoir appelée, Terri. Je vais transmettre la nouvelle à tout le monde. N'hésitez pas à me rappeler si vous modifiez vos dates de retour. J'espère que tout va bien pour votre mari.

— Moi aussi. Bonsoir, mademoiselle.

Après avoir raccroché, Terri s'éloigna du lit pour récupérer son sac, prête à quitter la chambre. Mais au son indistinct qui s'échappa de la gorge de Ben, elle comprit qu'il ne voulait pas qu'elle parte. Elle revint à son chevet.

— Il faut que je rentre à l'hôtel pour appeler le capitaine Ortiz.

Ben secoua la tête pour lui exprimer son désaccord. Même bandé de la tête aux pieds, il dégageait une incroyable autorité.

— Vous avez eu assez d'émotions pour ce soir, lui dit-elle d'un ton ferme. Il faut vous reposer à présent.

Elle posa les vêtements neufs sur le dossier de la chaise pour que l'aide-soignante les voie le lendemain matin.

— Je vais expliquer aux infirmières qui vous êtes et leur donner le numéro de Mlle Shaw. Bonne nuit, monsieur Herrick.

Non, ne partez pas ! eut-il envie de hurler.

Mais Terri quittait déjà la pièce. Elle était très tentée de rester, mais elle n'osait pas. Et puis, elle avait pris un peu trop de plaisir à leurs moments d'intimité. Un lien vraiment étonnant s'était créé entre cet homme et elle. Cela s'était produit au moment où elle avait plongé ses yeux dans les siens pour la première fois.

Il valait mieux qu'elle s'en aille, car elle risquait bien de ne plus pouvoir se passer de lui. Et elle n'avait pas vraiment envie d'entendre les réponses aux questions qui la taraudaient. Avait-il une femme ? Et si c'était le cas, celle-ci savait-elle que sa secrétaire était amoureuse de lui ? Etait-ce un homme à femmes, comme Richard ?

Cette hypothèse la poussait à fuir au plus vite.

Elle se rendait compte que toutes ces questions ne la concernaient en rien. Elle n'avait d'ailleurs pas de raison de revenir le voir. Elle avait fait tout ce qu'elle pouvait pour lui apporter un peu de réconfort. Demain, il serait entouré de tous les gens qui l'aimaient.

Fin du mystère ; fin de ces moments privilégiés.

Elle irait sur le chantier où Richard travaillait pour s'assurer qu'il s'était remis depuis l'accident, puis elle reprendrait l'avion pour Lead.

Pauvre Ray ! Elle s'était complètement déchargée de son travail sur lui. Il serait content qu'elle revienne à son poste.

Après avoir expliqué la situation aux infirmières, elle rentra en taxi à l'hôtel. Aussitôt arrivée dans sa chambre, elle appela le capitaine Ortiz, mais sa ligne était sur répondeur.

Elle lui résuma sa découverte et sa tentative de visite à Richard en lui demandant de la rappeler à n'importe quelle heure du jour ou de la nuit si lui-même avait du nouveau concernant son ex-mari.

Avant de se mettre au lit, elle téléphona à sa sœur Beth pour lui raconter les événements de la journée. Mais elle ne lui confia pas ses états d'âme. L'ayant chargée d'annoncer à ses parents son retour dès le lendemain soir, elle raccrocha et commença un roman pour s'empêcher de penser à Ben Herrick.

Mais elle n'arrivait pas à se concentrer. En désespoir de cause, elle alluma la télévision et, comme la veille au soir, finit par s'endormir au milieu d'un film.

Ce fut la sonnerie du téléphone qui la réveilla à 8 h 30 le lendemain matin.

— *Señora* Jeppson ? Ici le capitaine Ortiz. Je vous remercie pour votre message concernant M. Herrick. C'est un homme très important et il valait mieux que cette information reste confidentielle. Si la presse avait appris sa disparition, la nouvelle aurait fait la une de tous les journaux.

Terri l'avait pressenti.

— Vous avez réussi à obtenir plus d'informations que nos services de police ; bravo et merci. Avez-vous pu joindre votre ex-mari ?

— Non. Mais, comme je vous l'ai expliqué hier, d'après M. Herrick, il n'a pas été hospitalisé ; je suis donc moins inquiète. Ce matin, je compte me rendre sur le chantier où il travaille. Si je ne l'y trouve pas, peut-être pourrez-vous charger un inspecteur de m'accompagner à son appartement ? J'ai besoin d'un interprète pour parler à la femme que j'y ai vue hier. J'ai le sentiment qu'elle sait parfaitement où il est.

— Si c'est nécessaire, je vous y accompagnerai moi-même, *señora*.

— C'est gentil à vous. Je vous tiendrai au courant.

Après un copieux petit déjeuner, Terri prit un taxi pour se rendre au siège de la société Herrick. La même jeune femme officiait à l'accueil. Quand Terri lui eut expliqué ce qu'elle voulait, elle fronça les sourcils.

— C'est loin d'ici et le chantier est difficile à trouver. Je vais appeler pour demander si votre ex-mari s'est présenté au travail ce matin. S'il y est, je vous expliquerai comment vous y rendre. Un instant, je vous prie.

Pendant qu'elle attendait, Terri ne put s'empêcher de penser à Ben Herrick. Avait-il déjà été submergé de visites ce matin ? Au moins ceux qui viendraient le voir le reconnaîtraient-ils.

Elle se demanda à quoi il ressemblait sans ses bandages. Mais peut-être valait-il mieux qu'il reste pour elle l'homme invisible. L'homme qui n'avait pas de visage, seulement deux yeux gris magnifiques.

Ils étaient le reflet de son âme ; c'est eux qui lui avaient donné le sentiment d'être liée à lui d'une manière inexplicable. Si elle s'en ouvrait à sa sœur, celle-ci lui dirait qu'elle était ridicule.

Et sans doute aurait-elle raison.

— *Señora* Jeppson ?

La réceptionniste fronçait les sourcils, l'air ennuyé.

— Le supérieur hiérarchique de votre mari dit qu'il n'est pas venu travailler depuis trois jours et que, de toute façon, il ne reviendra pas parce qu'il lui a fait des remontrances.

Terri n'était pas étonnée du comportement de Richard.

Elle remercia la jeune femme et lui demanda de la mettre en communication avec le capitaine Ortiz, au commissariat central.

Celui-ci lui proposa de venir la chercher immédiatement.

Une heure plus tard, il garait sa voiture de police devant l'immeuble vétuste de Richard.

— Vous allez rester ici, dit-il à Terri. Je préfère sonner seul à sa porte. Et si c'est nécessaire, je reviendrai vous chercher.

— Entendu.

Un bon quart d'heure s'écoula avant qu'il ne revienne. En s'installant au volant, il se tourna vers elle.

— Votre ex-mari n'y était pas. La femme en question s'appelle Juanita Rosario. Elle dit qu'elle vit avec lui depuis dix mois, ce qui est peut-être vrai. Selon

49

ses dires, ils se sont connus peu de temps après son embauche ici par la société Herrick. Il y a quatre jours, il serait parti travailler comme tous les matins et ne serait pas rentré le soir. Au début, elle ne s'est pas inquiétée, car cela lui arrivait d'aller faire la fête avec des amis et de ne revenir que le lendemain soir. Mais c'est la première fois qu'il reste absent aussi longtemps. Quand vous avez frappé à sa porte hier, elle a eu peur, pensant que vous étiez sa femme. Il lui avait dit qu'il voulait demander le divorce, mais que vous n'étiez pas d'accord.

Terri secoua la tête. C'était du Richard tout craché. Des mensonges, encore et toujours. Il détestait s'engager.

— Je lui ai dit qu'effectivement vous étiez son épouse quand il vivait encore aux Etats-Unis, mais que vous étiez divorcés depuis un an. Et là, elle a complètement craqué. Elle craint qu'il ne soit parti vagabonder avec une autre femme. Elle est pourtant sûre qu'il va revenir parce qu'il est, paraît-il, tout excité à l'idée d'avoir un enfant dans un mois.

— J'espère pour elle qu'elle ne se trompe pas, murmura Terri. Malheureusement, mon ex-mari a le chic pour disparaître quand on a le plus besoin de lui. Quels sont les moyens de subsistance de cette jeune femme ?

50

— Il paraît qu'il l'entretenait.

Terri eut une moue sceptique.

— A-t-elle une famille qui puisse la prendre en charge financièrement s'il ne revient pas ?

— Non. Ses parents la battaient et elle a fui un garçon qui était violent, lui aussi.

— Capitaine, il faut absolument que nous retrouvions Richard. Pour elle.

L'inspecteur de police lui jeta un regard étonné.

— Il semblerait que la personne qui en sait le plus sur votre ex-mari à l'heure actuelle soit M. Herrick.

— Vous avez sans doute raison. Si vous voulez bien me déposer à l'hôpital, je vais essayer de le questionner.

— Pendant ce temps, je vais envoyer des officiers de police sur le chantier. Peut-être qu'un des collègues de travail de votre ex-mari détient de précieux indices sans le savoir.

— Si vous le permettez, j'aimerais voir Juanita une minute, dit Terri en fouillant dans son sac pour en sortir son portefeuille. Je reviens tout de suite.

Le capitaine Ortiz s'apprêtait à ouvrir la bouche, mais il se ravisa.

Terri n'avait que cent dollars sur elle, mais cela aiderait la jeune femme à tenir quelques jours.

Cette fois-ci, quand elle frappa, la porte de l'appartement s'ouvrit un peu plus grand. La chaîne n'était pas mise.

— Juanita ?

— *Sí ?*

Le visage de la jeune femme exprimait à la fois de la douleur et de la colère.

— *Captain Ortiz dice que Richard no esta aqui ahora,* lui dit Terri, certaine de faire plein de fautes, mais cherchant à tout prix à communiquer.

Juanita lui jeta un regard noir.

— *Tengo dinero para usted,* reprit Terri en lui tendant plusieurs billets.

Juanita ne fit aucun geste pour les prendre.

— *Por favor.*

— *Por qué ?*

« Pourquoi ? Parce que je sais ce que c'est de se sentir abandonnée au dernier moment », pensa Terri. Peut-être Juanita accepterait-elle mieux son argent si elle lui disait que c'était pour le bébé ?

— *Es necessario para el nini, verdad ?*

Le visage de la jeune femme se ferma. Elle avait sa fierté, apparemment. Oui, mais si Richard ne revenait jamais…

Incapable de traduire sa pensée en espagnol, Terri murmura :

— Si vous changez d'avis… je laisse l'argent ici.

Elle posa les billets par terre et partit précipitamment sans se retourner.

Le capitaine Ortiz l'attendait, moteur en marche. Ce ne fut qu'après quelques kilomètres qu'il se permit cette réflexion :

— Votre générosité vous honore, mais je crains que ce ne soit une erreur de lui avoir donné de l'argent.

— Si j'étais à sa place, j'apprécierais qu'on m'aide, répondit-elle en haussant les épaules. Cela lui permettra de manger encore quelques jours. Peut-être aurons-nous retrouvé Richard d'ici là ?

— Il faut l'espérer, murmura l'officier de police.

Mais il ne semblait pas plus convaincu qu'elle.

3.

En entrant dans la chambre de Ben Herrick, Terri sentit aussitôt un parfum de fleurs. Manifestement, la nouvelle qu'il était ici s'était répandue comme une traînée de poudre. Il y avait des douzaines de bouquets splendides ainsi qu'une magnifique corbeille de fruits posés çà et là.

« Lequel de ces bouquets venait de sa femme ? se demanda-t-elle. Et Martha Shaw, lui en avait-elle envoyé un, elle aussi ? »

Elle remarqua les chaises alignées le long du mur. Apparemment, Ben avait déjà eu de la visite. Les vêtements qu'elle lui avait apportés n'étaient plus là. Et lui non plus.

Prise d'inquiétude, elle se rua vers le bureau des infirmières.

Mais en chemin, elle rencontra un groupe animé qui avançait dans sa direction. Elle n'y aurait pas prêté attention si, au milieu, elle n'avait pas remarqué un homme très brun vêtu d'un pyjama et d'un peignoir bleu marine.

Elle croisa le regard perçant de ses yeux gris et s'immobilisa, comme tétanisée.

Peu importaient ses pansements à la racine des cheveux et sous le menton. En découvrant le beau visage viril à la mâchoire carrée qui allait avec ces yeux inoubliables, elle eut le souffle coupé.

Les traits qu'elle avait essayé d'imaginer sous les bandages traduisaient une vitalité, une présence étonnantes.

Quand les gens qui l'entouraient se turent pour la regarder, elle sentit ses joues s'empourprer. Il fallait absolument qu'elle trouve quelque chose à dire.

— Désolée pour ces présentations cavalières, dit-elle à la cantonade. Je suis Terri Jeppson.

— La jeune femme dont Martha nous a parlé, dit l'homme le plus âgé avec un accent texan prononcé. Si vous n'aviez pas découvert l'erreur d'identité qui a été commise, nous n'aurions jamais su que Ben était ici. Nous vous devons une fière chandelle, madame Jeppson. Permettez-moi de me présenter, dit-il en soulevant son chapeau : je suis Dean, le père de Ben. Et voici mon épouse, Blanche, notre fille Leah et notre fils Parker. Creighton, notre aîné, et sa femme sont en vacances à l'étranger, et le mari de Leah ne pouvait pas se libérer, sinon ils seraient tous venus en avion avec nous pour voir Ben.

Pendant qu'elle serrait la main aux uns et aux autres, une pensée dominait l'esprit confus de Terri : Leah n'était pas l'épouse de Ben Herrick. Quel soulagement ! Même si cela ne signifiait pas qu'il n'était pas marié ou en ménage avec quelqu'un.

— Je suis enchanté de faire votre connaissance, lui dit Parker avec un sourire éblouissant.

Il avait le même genre de charme que Richard, et l'assurance d'un homme qui sait qu'il plaît aux femmes. Il paraissait plus jeune que son frère Ben, qui devait avoir dans les trente-cinq ans. Tous deux ressemblaient beaucoup à leur mère, une très belle femme, tandis que Leah, avec ses cheveux blond-roux, tenait plutôt de son père.

— Et votre mari, comment va-t-il ? lui demanda Mme Herrick d'une voix pleine de sollicitude.

Mon ex-mari, rectifia Terri en son for intérieur.

— Je pense qu'il va bien, mais je ne l'ai pas encore vu.

En gardant les yeux baissés pour que Ben Herrick n'y lise pas ses sentiments, elle ajouta avec un grand sourire :

— Je suis ravie de vous avoir rencontrés, mais M. Herrick doit avoir hâte de retourner s'allonger.

56

Maintenant que je le sais bien entouré par sa famille, je vais vous laisser.

— Ne vous inquiétez pas pour Ben, il est robuste, lui dit Dean Herrick en tapotant l'épaule de son fils. Mais vous avez sans doute raison.

Alors que Terri s'éloignait vers les ascenseurs, elle entendit un grognement de protestation qu'elle reconnut aussitôt. Il était si fort qu'il aurait réveillé un mort, mais elle poursuivit son chemin.

Elle sentait bien confusément que plus elle passerait de temps en compagnie de Benjamin Herrick, plus elle souffrirait le jour où elle ne le verrait plus. Il valait donc mieux qu'elle rentre à son hôtel et n'en bouge plus en attendant des nouvelles du capitaine Ortiz.

— Madame Jeppson ! Attendez !

Elle sortait à peine de l'ascenseur, au rez-de-chaussée, quand Parker Herrick se précipita vers elle et la retint par le bras.

— Vous êtes plus rapide qu'un éclair ! lui dit-il avec un grand sourire.

La comparaison la fit rire.

— Heureusement qu'il y a deux ascenseurs, sinon, je n'aurais jamais réussi à vous rattraper. Mon frère vous réclame.

— Je reviendrai le voir avant de repartir pour les Etats-Unis.

— Non, non. Je ne l'ai jamais vu aussi contrarié. Si vous ne remontez pas, nous allons tous en payer les conséquences.

— Dites-lui que je reviendrai plus tard. Je préfère vous laisser en famille.

— Cela fait déjà six heures que nous sommes ici ; il y a des années que nous n'avons pas été réunis aussi longtemps.

La moue qu'affichait Parker Herrick la fit rire malgré elle. Ses yeux gris-bleu pétillaient de malice.

— Je connais mon frère : il aurait préféré que nous repartions au bout de dix minutes. Vous rendriez donc un grand service à toute la famille si vous acceptiez de jouer à la baby-sitter encore un moment. Les infirmières nous ont tellement chanté vos louanges… Si elle vous sait auprès de lui, maman acceptera enfin que nous allions grignoter un morceau.

Terri imaginait aisément qu'ayant sauté dans le premier avion pour venir ils puissent être fatigués et affamés. Ce ne serait pas gentil de refuser.

— D'accord, je veux bien remonter. Mais je ne pourrai pas rester longtemps.

— Super. Que ne faut-il pas faire pour apaiser la colère du grand frère !

Ils reprirent l'ascenseur ensemble.

— Quand sa femme va-t-elle le rejoindre ? demanda Terri à brûle-pourpoint.

— Quand en aura-t-il une, c'est plutôt ça la question. Toute la famille se la pose depuis des années.

— Benjamin n'est pas marié ?

— Eh non ! C'est bien ce qui le rend si irritable. Mais ne lui dites pas que je vous ai dit ça.

— Pourquoi ? demanda Terri, le cœur battant.

— Parce que c'est un sujet tabou ; il m'a traité de fou le jour où je me suis marié ; et maintenant que j'ai divorcé, j'ai droit à : « Tu vois, j'avais raison. » Ce qui ne m'empêche pas de penser que le mariage est une chose formidable quand tout va bien.

Terri n'en était pas aussi sûre ; le sien n'avait jamais été une réussite.

— Vous avez des enfants, Parker ?

— Non, Dieu merci !

— C'est bien que le fait de divorcer ne vous ait pas dégoûté du mariage.

— La prochaine fois, je choisirai mieux, c'est tout.

— Et votre frère aîné et votre sœur, sont-ils heureux en ménage ?

— Je crois, oui. Et vous et votre mari ?

Heureusement, ils étaient arrivés au sixième étage, et des gens entraient et sortaient de l'ascenseur :

cela dispensa Terri de répondre. Pour l'instant, elle préférait ne rien dire sur Richard.

Benjamin Herrick était assis au bord de son lit, entouré de sa famille. Dès que sa mère la vit entrer, elle parut soulagée.

— Comme je suis heureuse que Parker ait pu vous rattraper, madame Jeppson ! Nous sommes désolés de vous avoir chassée ainsi. Ben était si mécontent que j'ai envoyé Parker à votre poursuite. Mon chéri…, poursuivit-elle en se tournant vers son fils, dont le regard sombre était posé sur Terri, nous allons rentrer à l'hôtel, mais nous reviendrons te voir en fin d'après-midi.

Elle l'embrassa sur la joue. Le reste de la famille suivit. Sauf Parker. Il regardait fixement Terri.

— Etes-vous descendue au Ramada, vous aussi ?

— Non. A l'Ecuador Inn.

— Dommage ; vous auriez pu vous joindre à nous pour le dîner.

— C'est très gentil à vous, Parker, mais j'ai d'autres projets, de toute façon. Merci quand même.

— Alors, à demain matin peut-être ? Et toi, Ben, à tout à l'heure.

Dès que tout le monde fut sorti, Terri s'approcha

de l'homme dont la seule présence mettait ses sens en émoi.

— Votre famille est adorable, déclara-t-elle, mais vous semblez exténué.

Sans même réfléchir, elle s'accroupit pour lui enlever ses chaussons.

— Allongez-vous, dit-elle en l'aidant à s'installer.

Il se laissa aller contre les oreillers avec un profond soupir et Terri rabattit le drap sur ses jambes bronzées.

— Voilà, c'est bien.

Pendant qu'elle repositionnait le trépied à perfusion auquel il était relié, il lui saisit le bras. Maintenant qu'il n'avait plus qu'un pansement de gaze sur la paume, il pouvait bouger librement ses doigts.

Elle tourna aussitôt la tête et lut dans son regard comme un appel de détresse.

— Vous tenez à me dire quelque chose d'important, c'est cela ? A propos de Richard ?

Il acquiesça d'un signe de tête.

— Tant mieux. Je suis revenue vous voir parce que personne n'a de nouvelles de lui depuis quatre jours ; ni son chef de chantier ni sa compagne, une jeune femme sur le point d'accoucher, qui l'attend désespérément.

Ben lâcha son bras pour montrer la table sur laquelle elle avait posé son sac à main.

— Oh ! Je vois. Vous voulez essayer d'écrire ?

Il hocha vigoureusement la tête. Elle sortit donc de son sac un stylo à bille et l'enveloppe contenant ses billets d'avion, et les lui apporta.

— Tenez. Mais n'écrivez que si cela ne vous fait pas mal. Sinon, nous pouvons reprendre la méthode de l'alphabet.

Le son qu'il émit ressemblait à un non catégorique.

Elle lui mit le stylo dans la main, posa l'enveloppe sur le genou qu'il avait relevé et la tint en place pendant qu'il écrivait, sans trop de difficulté.

« Assommé par le bateau, il s'est noyé. Lui et deux autres hommes. Voulais vous le dire déjà hier. Pardon. »

— Oh non ! s'écria Terri. Richard…

Des larmes lui embuèrent les yeux. Sentant la main de Ben se poser sur son bras, elle plongea son regard dans le sien et reconnut l'expression de douleur intense qu'elle y avait déjà lue.

— Vous les avez *vus* se noyer ? demanda-t-elle dans un murmure en essuyant ses paupières.

Il hocha la tête avec gravité.

— Quelle horreur ! Pour vous tous.

Après quelques sanglots silencieux, elle ajouta d'une voix tremblante :

— Quand je pense que Richard n'aura même pas connu son enfant ! Juanita ne s'en remettra jamais.

Ben reprit le stylo pour écrire :

« Bébé sans doute pas le sien. Début travail ici pour notre société quatre mois. »

— Pensez-vous qu'ils aient pu se rencontrer avant cela ? questionna Terri. Elle a dit au capitaine Ortiz qu'ils vivaient ensemble depuis dix mois.

Elle sentit son hésitation.

« Travail précédent à Baton Rouge. »

— Je doute que Juanita soit jamais allée en Louisiane, en effet, soupira la jeune femme. Mon Dieu, la pauvre ! Si elle apprend qu'il est mort, elle risque de faire une fausse couche. A huit mois de grossesse, ce serait terrible. Je… j'en ai fait deux moi-même à moins de trois mois et c'était déjà très dur.

La main de Ben se posa sur la sienne et la serra malgré ses brûlures. Ce geste de compassion et son regard grave provoquèrent en elle une telle émotion qu'elle en fut effrayée. Elle retira sa main.

— A… avez-vous pour règle de n'employer ici que des gens mariés ?

Il secoua la tête en signe de dénégation.

— Je n'arrive pas à comprendre pourquoi sur sa fiche d'embauche Richard a déclaré être encore marié.

Ben reprit le stylo.

« Il vous regrettait, sans doute. »

— Non, non, déclara Terri, catégorique.

Après l'avoir fixée longuement, Ben écrivit :

« J'ai une idée. La dirai quand pourrai parler. »

Terri fut soudain prise de remords de lui imposer un tel effort. Il devait souffrir le martyre.

— Pardonnez-moi, monsieur Herrick. Cet exercice n'est vraiment pas bon pour vos brûlures. Et j'ai dû vous fatiguer avec mes questions. Je vais vous laisser vous reposer.

Terri remit le stylo et l'enveloppe dans son sac.

— Que puis-je faire pour vous avant de partir ?

Il émit un son à peine audible, qui ressemblait à : « Revenez ».

— Je passerai demain matin, promit-elle. Maintenant que vous êtes libéré de votre lourd secret, vous n'avez plus à vous inquiéter de rien, sinon de vous rétablir au plus tôt. Essayez de dormir. Votre famille sera de retour dans peu de temps.

Soudain, le téléphone sonna.

— Je vais répondre, dit-elle en contournant prestement le lit pour décrocher.

— Leah ? demanda une voix féminine.

— Non, c'est Terri Jeppson.

— Terri… ? C'est Martha Shaw, reprit la voix après un silence choqué.

— Bonjour, mademoiselle Shaw. Vous avez manqué de peu la famille de M. Herrick. Ils sont descendus au Ramada.

— Je sais, c'est moi qui ai fait leurs réservations. Mais j'ignorais que vous étiez encore là.

« Tiens, tiens », pensa Terri.

— Je m'apprêtais moi-même à rentrer à l'hôtel. Vous voulez parler à M. Herrick ?

— Oui, répondit Martha Shaw, apparemment contrariée.

— Un instant. Il ne peut toujours pas parler, mais je vais approcher l'écouteur de son oreille.

Mais Ben repoussa le combiné. Elle aurait mieux fait de ne pas répondre.

— Mademoiselle Shaw, je suis désolée, il souffre trop, improvisa-t-elle.

Il y eut un « clic » sur la ligne.

— Martha Shaw est manifestement déçue, dit-elle à Ben. Elle rappellera sans doute demain. Bon, il faut que j'y aille.

65

Ben ne se sentait pas le droit de lui demander de rester encore. Même s'il avait compris qu'elle n'aimait plus son ex-mari, il devait lui laisser un peu de temps pour digérer la nouvelle de sa mort.

Cependant, quand elle quitta la pièce, ce fut comme si elle avait emporté toute la lumière avec elle. Il éprouva aussitôt une sensation de manque, de vide. C'était la femme la plus extraordinaire qu'il ait jamais rencontrée, et sa compagnie lui devenait de plus en plus indispensable.

Quand Terri arriva à son hôtel, elle commença par téléphoner au capitaine Ortiz. Elle tomba sur son répondeur et se contenta de lui laisser un message. Puis elle appela sa mère.

— Terri, ma chérie ! Je suis si contente de t'entendre ! Tu as des nouvelles de Richard ?

— Oh, maman…

Elle éclata en sanglots, puis, une fois qu'elle se fut ressaisie, elle lui exposa la situation. Sans parler de Juanita.

— Je viens te rejoindre, ma chérie. C'est une épreuve trop dure à affronter seule.

— Je te remercie, maman, mais c'est inutile. Qu'on ait retrouvé son corps ou pas d'ici là, je reprends l'avion dès demain. Nous réfléchirons ensemble

66

pour savoir s'il vaudra mieux faire dire une messe à Spearfish ou à Lead.

— Je suis heureuse que tu rentres, mais que puis-je faire pour te réconforter ?

— J'ai fait mon deuil de Richard il y a longtemps déjà, tu sais. Ce que j'éprouve aujourd'hui, c'est de la tristesse pour lui, parce qu'il est mort si jeune et si brutalement. Je ne crois pas qu'il ait jamais été vraiment heureux.

Qu'en savait-elle, au fond ? Peut-être Juanita avait-elle réussi là où elle-même et d'autres avaient échoué ? Pauvre Juanita. C'était pour elle qu'elle avait le plus de peine.

— Au moins nous le savons heureux là où il est, lui dit sa mère pour la consoler.

— Oui, acquiesça Terri en reniflant. Peux-tu te charger de prévenir Beth ? Je t'appellerai demain matin pour te dire l'heure d'arrivée de mon vol.

— Entendu. Courage, ma chérie.

Après avoir raccroché, Terri regarda sa montre : il était 15 h 10. En partant tout de suite, elle devrait pouvoir éviter les bouchons de la fin d'après-midi.

Elle prit une bouteille d'eau dans le minibar, un croissant qu'elle n'avait pas mangé au petit déjeuner, et s'apprêtait à quitter sa chambre quand le téléphone sonna.

Elle décrocha aussitôt, pensant que c'était le capitaine Ortiz.

— Madame Jeppson ? C'est Parker Herrick.

Son cœur manqua un battement.

— Il est arrivé quelque chose à votre frère ?

— Non, non, la rassura Parker avec son accent traînant. Nous aimerions juste vous demander de vous joindre à nous pour le dîner. Maman a découvert par le personnel soignant que c'était à vous que Ben devait son élégante tenue de nuit et elle voulait vous en remercier.

Soulagée, Terri répondit :

— C'est très gentil de sa part, mais je partais voir quelqu'un en dehors de la ville et je ne suis pas sûre d'être rentrée à temps.

— Voulez-vous que je vous accompagne ?

« Pourquoi insistait-il ? se demanda Terri. A moins que... Martha avait-elle si peur, même d'une femme mariée, qu'elle avait chargé Parker de la surveiller ? »

— Vous ne parlez pas espagnol, par hasard ?

— Si, comme toute la famille. C'est indispensable, ici.

S'il venait avec elle à l'appartement de Richard, elle serait obligée de lui faire quelques confidences.

68

Cela dit, lui aussi avait connu un divorce et devait être en mesure de comprendre.

— Si vraiment cela ne vous dérange pas, je veux bien.

— Parfait. Je passe vous prendre dans dix minutes. Je serai au volant d'une Land Rover blanche au nom de la société.

— Je vous attendrai devant l'hôtel.

Dès qu'elle eut raccroché, Terri mangea son croissant, se refit rapidement une beauté, puis descendit au bureau de change.

Elle avait emporté mille dollars en chèques de voyage. Si elle en changeait cinq cents, il devrait lui en rester assez pour son billet de retour.

Malgré l'avis du capitaine Ortiz, elle se faisait un devoir moral d'aider Juanita. Elle se sentait responsable d'elle. Même si Richard n'était pas le père de l'enfant qu'elle portait.

Elle espérait seulement que la jeune femme ne refuserait pas son aide, par amour-propre. C'était là que Parker aurait besoin de se montrer convaincant.

Le pauvre ! Il ne se doutait pas de la mission qui l'attendait.

Quarante-cinq minutes plus tard, alors qu'ils arrivaient au bas de l'immeuble, elle lui avait expliqué toute la situation.

— Vous savez ce que je pense ? lui dit-il.

— Je m'en doute un peu.

— Je ne crois pas. Je voulais vous dire combien j'admire votre générosité de cœur. Surtout compte tenu des circonstances.

Elle n'avait pas parlé de ses deux fausses couches à Parker ; c'était trop intime. Mais dans ces moments difficiles, elle-même avait été entourée par sa famille. Juanita, elle, se retrouvait seule.

— M'occuper des autres, cela fait partie de mon travail aux Etats-Unis, répliqua-t-elle d'un ton léger pour cacher son émotion. Mais je vous remercie pour ces encouragements, Parker.

Cette fois-ci, quand Juanita entrebâilla la porte, Terri vit qu'elle avait pleuré.

Elle ne regrettait pas d'être venue avec Parker. Après s'être présenté, il entreprit d'expliquer en espagnol à la jeune femme ce qui s'était passé. Terri ne comprenait que quelques bribes de leur conversation.

En apprenant la mort de Richard, Juanita éclata en sanglots.

Parker attendit un moment, puis il ajouta une phrase, et la jeune femme leva la tête vers Terri.

— Que lui avez-vous dit ?

— Que vous-même aviez du chagrin parce que Richard était votre ex-mari.

70

Il ne pouvait pas deviner ses sentiments véritables, mais du moins avait-il dit ce qu'il fallait à Juanita.

— Pouvez-vous lui expliquer que je suis venue la voir pour m'assurer qu'au moment d'accoucher elle n'aura pas de soucis d'argent ? Dites-lui que je regrette de ne pas pouvoir lui donner davantage.

Pendant que Parker traduisait, Terri tendit les cinq cents dollars à Juanita, qui les prit d'une main tremblante.

Lui-même sortit spontanément son portefeuille et y ajouta un don très généreux.

— Et veuillez accepter ceci de la part de la société Herrick.

Juanita hésita un instant, puis ses doigts se refermèrent sur les billets.

— *Gracias, señor*, murmura-t-elle d'une voix mal assurée, avant de s'adresser à Terri. *Muchas gracias, señora*.

— Parker, dites-lui que si elle a besoin de quoi que ce soit, elle peut me contacter par l'intermédiaire du capitaine Ortiz. Voici son numéro au commissariat central.

Elle prit un papier dans son sac et l'y inscrivit.

— Dites-lui aussi que j'aimerais avoir des nouvelles d'elle et de son bébé.

Parker traduisit, puis tendit le papier à la jeune femme.

Après un dernier *gracias*, celle-ci referma la porte.

— La pauvre !

Terri pleura jusqu'à ce qu'ils eurent regagné le 4x4. Une fois à l'intérieur, Parker lui posa cette question :

— Etes-vous toujours aussi émue par les malheurs des gens que vous ne connaissez pas ?

Terri renifla doucement.

— Non. Non, évidemment.

— Alors comment se fait-il que vous ayez également acheté des vêtements à Ben ? Il était d'ailleurs effondré de vous voir partir tout à l'heure. Je n'ai jamais vu mon frère dans cet état.

— C'est sans doute parce qu'il a failli mourir dans l'accident qui a coûté la vie à mon mari et qu'il se sent vulnérable.

— Ce qualificatif ne s'applique vraiment pas à Ben. Martha elle-même a dit à Creighton qu'elle trouvait votre gentillesse envers lui étonnante.

— C'est parce qu'elle est amoureuse de lui.

Terri se morigéna intérieurement. Mais les mots lui avaient échappé.

72

— Comment avez-vous fait pour vous en rendre compte aussi vite ? lui demanda posément Parker.

— L'instinct féminin.

Ce que Terri aurait surtout aimé savoir, c'était si Ben Herrick était amoureux de la secrétaire de son frère Creighton. Mais elle n'osait pas poser la question et Parker ne semblait pas enclin à satisfaire sa curiosité.

Ils firent presque tout le trajet du retour en silence.

Lorsqu'ils arrivèrent en centre-ville, elle se tourna vers lui.

— Je vous suis infiniment reconnaissante pour ce que vous avez fait. Je ne pourrai jamais assez vous remercier.

— Si, en acceptant de dîner avec moi ce soir.

Terri espérait qu'il voulait dire par là : « avec ma famille et moi ».

— Merci pour cette invitation, mais je ne peux vraiment pas. J'attends un appel du capitaine Ortiz. Il doit me dire si le corps de Richard a pu être repêché.

Quelques instants plus tard, Parker la déposait devant son hôtel.

— Si vous avez besoin de moi, appelez-moi à l'hôpital, lui dit-il. Je serai avec Ben.

— Il doit être heureux d'avoir sa famille auprès de lui. Merci encore mille fois pour votre aide.

— Je voudrais pouvoir faire plus.

Le sens de ses paroles ne laissait plus aucun doute. Il lui faisait un peu penser à l'homme avec qui elle avait dîné à Lead le soir du premier appel de Martha Shaw. Tous deux avaient souffert de leur divorce et cherchaient l'âme sœur. Mais ce rôle ne l'intéressait pas.

— Ce que vous avez fait pour Juanita est déjà beaucoup, répondit Terri en descendant du 4x4.

— J'espère vous voir demain.

Elle referma la portière sans répondre.

Elle avait promis à Ben une dernière visite, mais elle sentait bien au fond d'elle que ce serait une erreur. Les choses devenaient trop compliquées.

Il était temps qu'elle reprenne sa petite vie de tous les jours dans le Dakota du Sud. Son travail l'aiderait à oublier le bonheur des moments passés avec l'inconnu couvert de bandages quand il n'avait pas encore d'identité, de famille... et de Martha Shaw dans sa vie.

Vingt minutes plus tard, elle apprenait par le capitaine Ortiz qu'il avait découvert le nom et l'adresse du pêcheur, mais n'avait pas encore pu l'interroger. Aucun corps n'avait été retrouvé dans la zone qu'il avait indiquée en amenant le blessé aux urgences. Seulement quelques débris pouvant provenir du bateau.

Les deux autres victimes mentionnées par Ben Herrick ne semblaient pas faire partie du personnel de sa société, le seul employé absent depuis trois jours étant Richard. Cela rendait l'enquête encore plus difficile. Suivant le lieu précis du naufrage et compte tenu du courant, il faudrait peut-être des jours ou des semaines avant qu'on ne retrouve les corps… Si on les retrouvait.

Le capitaine Ortiz devait rendre visite à Ben Herrick le soir même et lui demander, si cela ne lui faisait pas trop mal, de lui donner par écrit quelques précisions sur l'accident. Son témoignage ferait la lumière sur le drame.

Terri informa l'officier de police de son intention de quitter Guayaquil dès le lendemain. S'il avait du nouveau, il pourrait la joindre par téléphone à Lead.

Ce soir-là encore, elle eut du mal à trouver le sommeil. Elle repassait dans sa tête les événements de ces derniers jours. Et notamment certains moments troublants qu'elle n'arrivait pas à oublier.

4.

Ben laissa à sa famille le temps d'arriver à l'ascenseur, puis il retira délicatement la perfusion de son poignet.

Il se leva, enleva la bande qui lui tenait le bras en écharpe, troqua son pyjama contre les vêtements de ville achetés par ses parents, puis remit son bras dans son support. Il fourra dans un sac en plastique la tenue de nuit que lui avait offerte Terri et ouvrit la porte.

Dans le couloir, il tomba nez à nez avec le Dr Dominguez.

— Monsieur Herrick. Où allez-vous de si bonne heure ?

— J'ai beaucoup moins mal à la gorge, chuchota-t-il. Et j'ai du travail.

Le médecin hésita un moment, puis finit par accepter de le laisser sortir.

— A condition qu'il y ait quelqu'un pour s'occuper de vous.

— Je sais déjà à qui je vais demander.

— Très bien. Venez au bureau des infirmières. Sœur Angélique va vous expliquer comment nettoyer vos plaies. Pour ma part, je veux vous revoir dans huit jours.

— Merci, docteur. Je vous suis reconnaissant à tous pour vos excellents soins.

Quelques instants plus tard, il était dehors et s'engouffrait dans la voiture de Carlos Rivera, son directeur et bras droit sur le chantier. Il l'avait fait appeler la veille au soir par sœur Angélique pour lui dire qu'il était à l'hôpital San Lorenzo.

Il lui avait indiqué l'heure à laquelle il devait venir le chercher le lendemain matin. Carlos exécutait toujours ses ordres sans poser de questions agaçantes.

— Vous n'imaginez pas comme c'est bon de sortir de là ! dit-il de sa voix éraillée.

— Je vous crois. Où allons-nous ?

— A l'Ecuador Inn. Mettez la gomme !

Quand son réveil sonna, à 6 h 45, Terri eut l'impression de n'avoir pas dormi de la nuit. Elle s'en voulait de penser sans cesse à Ben Herrick plutôt qu'à Richard. Il était grand temps qu'elle quitte le pays.

Quelques instants plus tard, on frappa à la porte.

— *Buenos di…,* commença-t-elle en ouvrant.

Elle poussa un cri de surprise et faillit s'évanouir sous le choc. Devant elle se tenait un homme grand et brun qu'elle pensait ne jamais revoir.

— Que diable faites-vous hors de l'hôpital ? s'écria-t-elle. Etes-vous devenu fou ?

— Bien des gens le pensent, chuchota Ben Herrick avec un calme exaspérant.

Elle ne pouvait détacher ses yeux de son beau visage.

— Vous n'êtes pas censé parler !

Il esquissa un sourire amusé.

— Je pensais que vous seriez contente d'entendre sortir un son de ma bouche.

— Je le suis ! s'écria-t-elle un peu trop fort. Je le suis, bien sûr, reprit-elle plus bas. Mais je ne m'attendais pas à…

— Me revoir un jour, c'est cela ?

Terri avait les joues en feu. Ben Herrick paraissait en forme pour quelqu'un tout juste sorti de l'hôpital.

— Je… J'allais partir pour l'aéroport.

— Je sais, répondit-il en la dévisageant de ses yeux gris. Le capitaine Ortiz me l'a dit. Et vous comptiez vous envoler pour les Etats-Unis sans venir me dire au revoir ?

Chez Terri, la culpabilité se mêlait à l'ébahissement de l'entendre parler, même si sa voix n'était qu'un murmure.

— Vous ne me faites pas entrer ?

— Si ! Si, bien sûr ! Vous seriez beaucoup mieux assis.

Ben referma la porte derrière lui et se dirigea vers la table, mais il resta debout.

— Votre petit déjeuner sent bien bon. Ne le laissez pas refroidir.

Dans sa joie de le revoir, Terri en avait perdu l'appétit, elle qui se passait difficilement de manger le matin.

— Pourquoi êtes-vous venu, monsieur Herrick ?

— Je m'appelle Ben. Après ce que nous avons vécu ensemble, je n'imagine même pas que vous puissiez m'appeler autrement.

A ces mots, le pouls de Terri s'accéléra.

— Si le médecin vous a laissé sortir, vous auriez dû rentrer directement chez vous !

— C'est bien mon intention. Je me suis seulement arrêté pour vous emmener avec moi.

Terri pensa qu'elle avait mal entendu.

— C'est très simple, reprit-il dans un murmure. Le Dr Dominguez m'a autorisé à sortir à condition qu'il y ait quelqu'un pour veiller sur moi pendant quelques jours.

— Vos parents le feront sûrement avec plaisir, répondit Terri, dont les jambes s'étaient mises à trembler.

— Ils reprennent l'avion ce matin pour le Texas.

— Mais pourquoi ?

— Parce que je le leur ai demandé.

— Comment avez-vous pu faire une chose pareille après les longues heures de vol qu'ils ont supportées pour venir vous voir ?

— Ça y est, ils m'ont vu. Toute la journée d'hier. Ce fut une agréable réunion de famille, ils sont passés me dire au revoir ce matin à 6 heures, et voilà. Maintenant, j'ai hâte d'être chez moi au calme. Mais j'aimerais avoir auprès de moi quelqu'un qui comprenne instinctivement mes besoins. Si vous acceptez de repousser votre retour de quelques jours, je saurai me montrer reconnaissant.

— Vous voulez que je vous serve d'infirmière ?

Elle n'avait toujours pas oublié le massage des jambes qu'elle lui avait fait quelques jours auparavant.

— Je veux que vous soyez vous-même, tout simplement, répondit Ben Herrick avec un sourire.

Terri lui jeta un regard inquiet, ne sachant trop que penser de sa proposition.

Il haussa un sourcil.

— Ai-je mal compris ? Votre travail à la chambre de commerce ne consiste-t-il pas à faire un peu de tout ?

— Si, mais…

— Eh bien, c'est tout ce que je vous demande, la coupa-t-il. Le médecin ne m'autorise aujourd'hui qu'une alimentation liquide. Mais si ma gorge va mieux demain, elle devrait pouvoir supporter quelques aliments en purée. Alors, si vous pouviez vous charger de préparer mes repas, de répondre au téléphone et d'écrire quelques lettres pour moi pendant que j'ai encore le bras en écharpe, je vous en serais vraiment très reconnaissant.

Terri s'abstint de lui demander pourquoi il ne s'était pas adressé à Martha Shaw. Celle-ci aurait sûrement donné cher pour être à sa place en ce moment. Sans doute était-ce par fierté masculine ; parce qu'il ne voulait pas qu'elle le voie avec ses pansements au visage.

— Il y a une autre raison pour laquelle je voudrais que vous restiez, reprit-il avec une inflexion de voix différente qui la fit retenir son souffle. Avec les renseignements que j'ai donnés hier soir au capitaine Ortiz, le corps de votre ex-mari pourrait bien être retrouvé dans les jours qui viennent. Comme il vous faudra l'identifier avant son rapatriement dans le Dakota du Sud, en restant à Guayaquil, vous éviterez un nouvel aller-retour en avion.

« Si telle était la véritable raison de son incroyable requête, quelle déception ! songea Terri. Il lui inventait seulement ce rôle d'infirmière en attendant des nouvelles de la police. »

Elle détourna les yeux. Mais avant qu'elle ait pu lui donner une réponse, on frappa à la porte.

Ben Herrick chercha son regard.

— Vous attendez quelqu'un ?

— Ce doit être le bagagiste. Excusez-moi.

Elle alla ouvrir.

— Parker ! s'exclama-t-elle, surprise.

— Bonjour, lui dit-il avec un grand sourire.

— Je vous croyais dans l'avion pour le Texas !

— Changement de programme. Je suis content d'être arrivé à temps. Me permettez-vous de vous emmener à l'aéroport ?

Ben apparut soudain derrière elle.

— Désolé, dit-il avec un filet de voix. Terri ne quitte pas encore le pays.

Le sourire de Parker s'évanouit.

— Ben ! Que fais-tu hors de l'hôpital ?

— On m'a laissé sortir à condition que Terri s'occupe de moi. Mais c'est gentil de lui avoir proposé tes services. Je t'en remercie. Heureusement, tu as encore le temps de rejoindre les parents à l'aéroport… En partant tout de suite, bien sûr.

Un éclair de frustration apparut dans le regard de Parker. Il se tourna vers Terri.

— Combien de temps comptez-vous rester à Guayaquil ?

« Il ne semblait décidément pas prêt à renoncer. Cet entêtement devait être un trait de caractère commun aux frères Herrick », songea Terri. A présent, elle s'en voulait de lui avoir demandé de l'accompagner chez Richard. Il en avait conclu, à tort, qu'il avait ses chances auprès d'elle.

Or, Ben lui fournissait le moyen de lui enlever toute illusion.

— Je ne sais pas encore.

Ben finit avec une satisfaction évidente le verre de jus de pomme qu'il avait pris sur son plateau.

— Maintenant que tu me sais en de bonnes mains, tu vas pouvoir rassurer maman et lui dire d'arrêter de se faire du souci pour moi.

— Je ne partirai probablement que demain, répliqua Parker. Que diriez-vous de dîner avec moi ce soir ? ajouta-t-il en s'adressant ostensiblement à Terri.

— Si nous n'avions pas d'autres projets, nous accepterions avec plaisir, répondit Ben avant que

83

la jeune femme n'ait eu le temps d'inventer une excuse.

— Quels autres projets ?

— C'est ce soir qu'à ma demande Terri pourra enfin se rendre avec la police à l'endroit où a péri son ex-mari.

Cette révélation brutale laissa Terri sans voix et refroidit les ardeurs de Parker.

— Excusez-moi, je ne savais pas, dit ce dernier. Si vous le permettez, Terri, je vous appellerai quand vous serez rentrée aux Etats-Unis.

— Cela risque de ne pas être de sitôt, intervint Ben. Elle attend qu'on retrouve le corps de Richard. C'est la raison première de sa venue à Guayaquil…

Pour combler le silence gêné qui venait de s'installer, Terri dit gentiment à Parker :

— Je vous remercie pour votre proposition de m'emmener à l'aéroport, Parker. Et pour toute l'aide que vous m'avez apportée.

— C'est tout à fait normal. A bientôt au téléphone. Et toi, Ben, prends soin de toi.

— Merci d'être venu avec les parents, Parker. Cela m'a beaucoup touché.

Une fois Parker sorti, Ben referma la porte et plongea son regard dans celui de Terri.

— Mon frère s'est amouraché de vous. Il ne lui a pas fallu longtemps.

— Il est très sympathique.

— C'est vrai.

— Quand il m'a emmenée à l'appartement de Richard, il m'a dit qu'il était divorcé. Il doit se sentir très seul.

— Certainement. Mais il vaudrait mieux qu'il apprenne à se connaître avant de se lancer dans une nouvelle relation amoureuse.

« Sage conseil, pensa Terri. De ceux qu'elle-même n'avait pas suivis en acceptant de devenir l'infirmière particulière de Ben. A ce propos, tous ces discours, même chuchotés, n'étaient pas bons pour sa gorge. » Elle lui prit le verre vide des mains.

— Vous devriez déjà être chez vous en train de vous reposer, déclara-t-elle d'un ton qu'elle espérait ferme.

— Vous lisez dans mes pensées.

Il avait l'air exténué, soudain. Prêt à s'évanouir de fatigue.

— Vous habitez loin ?

— A environ soixante kilomètres au sud.

— *Soixante kilomètres ?* C'est encore plus loin que chez Richard.

— Finissez votre petit déjeuner. Je vais demander à Carlos de monter prendre votre valise.

Elle ignorait qui était ce Carlos, mais elle accepta avec plaisir. Pour s'occuper de son patient, il valait mieux qu'elle prenne des forces.

Une fois son repas avalé, elle passa un rapide coup de fil à sa mère pour la prévenir de son changement de programme et lui promit de la rappeler plus longuement dans la journée.

Un moment plus tard, Ben était de retour en compagnie d'un homme très bronzé d'allure hispanique. Sur la poche de sa chemise kaki s'étalait le logo de la société Herrick. Avec sa peau mate, ses cheveux noirs brillants et sa moustache, il avait fière allure.

— Terri, je vous présente Carlos Rivera, notre directeur local et mon indispensable bras droit.

— Ravie de vous connaître, monsieur Rivera. Quant à moi, je vais être l'infirmière particulière de M. Herrick pendant quelque temps.

— Je suis enchanté de faire votre connaissance, madame Jeppson. Appelez-moi Carlos, si vous le voulez bien.

Terri prit son sac sur la table et tous trois sortirent de sa chambre pour rejoindre les ascenseurs.

— Carlos, dit-elle, une fois arrivée dans le hall

d'entrée de l'hôtel. Vu que M. Herrick sort à peine de l'hôpital, je suggère que vous alliez tous deux m'attendre dans la voiture le temps que je m'arrête à la réception.

— Tout à fait d'accord.

— Autre chose : pour sa gorge, il ne faut pas qu'il parle ; alors s'il ouvre la bouche, bâillonnez-le !

Carlos rit de bon cœur avant de dire quelques mots en espagnol à Ben qu'elle ne comprit pas. Ce dernier sourit et, toute remuée par son charme affolant, Terri se précipita vers la réception. Pour apprendre que la société Herrick avait déjà réglé sa note.

Lorsqu'elle sortit de l'hôtel, Carlos l'attendait debout près d'une Land Rover semblable à celle de Parker. Il lui ouvrit aussitôt la portière arrière.

Une fois qu'il eut démarré, elle eut une idée.

— Carlos ? M. Herrick doit suivre un régime spécial. Si nous passons devant un supermarché, vous voudrez bien m'y déposer ?

— Bien sûr.

— Savez-vous s'il a un magnétoscope ?

Carlos fit oui d'un hochement de tête.

— Alors, vous voudrez bien chercher aussi un magasin vidéo ? J'aimerais louer deux ou trois films.

— C'est très impoli de parler devant moi comme

si je n'étais pas là, murmura Ben depuis le siège avant.

— Pour moi, vous êtes encore l'homme invisible !

Elle vit ses épaules se secouer de rire.

— Carlos, je suggère donc que nous l'ignorions.

— Elle a raison, Ben. Laissez-nous nous occuper de tout.

— Mais qu'est-ce que j'ai fait au bon Dieu ? soupira Ben d'un air faussement dépité.

Terri ne prit pas la peine de répondre. Elle était occupée à se repérer dans ces quartiers qu'elle avait déjà traversés deux fois.

A une quinzaine de kilomètres au sud de la ville, Carlos s'arrêta devant un centre commercial et se tourna vers elle.

— Je vous accompagne.

— D'accord.

Elle sortit du 4x4 et s'approcha de la vitre baissée de Ben.

— Monsieur Herrick, avez-vous besoin d'autre chose ? Répondez juste par un signe de tête.

Son parfum délicatement fleuri électrisa les sens de Ben. Sa peau claire et ses formes appétissantes sous son T-shirt en coton bleu l'empêchaient de se concentrer. Un de ces jours, il faudrait qu'il insiste pour qu'elle l'appelle par son prénom. Il finit par répondre à sa question en secouant la tête de droite à gauche.

— Nous ne serons pas longs, lui promit-elle en emboîtant le pas à Carlos.

Ben la suivit des yeux, appréciant en connaisseur ses longues jambes fuselées. Elle devait mesurer environ un mètre soixante-huit. La taille idéale pour lui.

Tous les hommes se retournaient sur le passage de la jolie blonde américaine dont la féminité attirait l'œil à un kilomètre à la ronde. Comment pouvait-il en vouloir à Parker d'être lui aussi tombé sous le charme ?

Et qu'était-il passé par la tête de ce Richard Jeppson pour être allé voir ailleurs, alors qu'il avait à la maison tout ce dont un homme puisse rêver ?

Un quart d'heure plus tard, l'objet de ses pensées était de retour, les bras chargés de paquets. Carlos suivait, chargé lui aussi, tel un mari docile. Ben sourit. C'était tellement inattendu de la part de ce célibataire endurci !

— Vous êtes la première que je vois faire des courses aussi vite. Serait-ce une caractéristique des femmes du Midwest ?

— Pas du tout, répondit Terri, ses yeux bleus emplis d'étoiles sous le compliment. Mais je me suis dépêchée autant que j'ai pu parce que vous devriez déjà être au lit. Et sans parler.

Les deux hommes rirent avec bonne humeur. Puis Carlos rangea les courses dans le coffre et ils se remirent en route.

— Bon, Carlos, maintenant que je peux être tout ouïe, expliquez-moi ce que M. Herrick fait dans ce pays, déclara Terri. Je croyais que les Texans se consacraient plutôt à l'élevage des chevaux ou à l'extraction du pétrole.

— Ben n'est pas vraiment comme les autres.

— J'avais remarqué.

— Il nous sera plus facile de vous montrer ce qu'il fait plutôt que de chercher à vous l'expliquer. Nous arrivons bientôt sur la route qui longe la côte, et dans une trentaine de kilomètres, vous découvrirez un spectacle étonnant.

— Vous titillez ma curiosité. En attendant, que diriez-vous d'une petite collation ?

Elle fouilla dans les sacs de courses et en sortit ce qu'elle cherchait.

— Pour vous, Carlos, et pour moi, il y a du soda ; et pour vous, monsieur Herrick, un délicieux jus de légumes. Avant de vous plaindre parce que vous préféreriez une bonne côte de bœuf, rappelez-vous

90

qu'il y a une heure encore vous étiez alimenté par un tuyau.

— Je préfère l'oublier, murmura Ben avant de se jeter sur sa boîte de jus.

« Bâti comme il l'était, il devait mourir de faim », songea Terri. Heureusement qu'elle avait acheté plein de provisions.

— Quand nous serons à votre appartement, je vous préparerai de la soupe. Et en dessert, vous aurez droit à de la glace. J'en ai acheté au chocolat, à la vanille et au café ; et aussi du sorbet à l'orange.

Le temps qu'elle décapsule la canette de Carlos et la lui tende, Ben avait fini tout son jus.

— Dites donc, vous empêcher de mourir de faim est tout un programme ! Voulez-vous un peu de nectar d'abricot ?

— Non, j'attendrai la glace.

— Pour le cas où vous ne l'auriez pas remarqué, je vous pose des questions qui n'appellent que des réponses par oui ou par non. Tout ce que vous avez le droit de faire, c'est hocher ou secouer la tête.

Elle vit, une fois de plus, ses épaules se secouer sous l'effet du rire. C'était contagieux, apparemment, parce que Carlos éclata de rire à son tour.

— Dites-moi, Carlos, demanda-t-elle au bout d'un

moment, combien de temps vous a-t-il fallu pour vous rendre compte que M. Herrick avait disparu ?

Carlos la regarda dans le rétroviseur.

— La dernière fois que Ben et moi nous sommes parlé, c'était lundi. Il m'a dit qu'il devait aller à Miami pour conclure une affaire importante et qu'il y resterait jusqu'à la fin de la semaine. Je peux toujours le joindre sur son téléphone portable, mais comme je n'avais pas de raison particulière de le déranger, je ne me suis rendu compte de rien, jusqu'à cet appel de l'hôpital, hier soir.

Manifestement, Ben n'avait pas dit à Carlos où il comptait aller avant de prendre l'avion pour Miami. Il aurait pu mourir sans que personne n'en sache rien.

— Inutile d'imaginer le pire, chuchota Ben.

Il ne la voyait même pas et il était capable de lire dans ses pensées !

Bien des points concernant cet accident qui avait coûté la vie à Richard restaient obscurs. Et le seul à connaître les réponses était Ben. Mais tant qu'il ne pourrait pas parler sans risque d'endommager ses cordes vocales, elle s'obligerait à la patience.

— Carlos, dit-elle soudain, avez-vous votre portable avec vous ? J'ai oublié d'annuler mon vol.

— Nous nous en sommes occupés pendant que vous payiez votre note d'hôtel, répondit-il.

— Merci bien. Pour ce qui est de ma note, elle était déjà réglée. Merci, monsieur Herrick. C'est très généreux de votre part.

— Nous le faisons pour toutes les familles de nos employés quand elles doivent venir ici en urgence.

Il n'y avait rien à ajouter. Terri en profita pour admirer le paysage. De loin en loin, on apercevait l'océan.

Après un dernier virage sur la route de corniche, un panorama saisissant s'offrit soudain à sa vue. Une grande ville se dressait au fond de la baie et sur une île, au milieu, trônait un bâtiment immense d'au moins vingt étages. Ce devait être une station touristique de luxe.

Terri plongea aussitôt le nez dans la carte de la région que lui avait donnée l'hôtel pour en trouver le nom. En vain.

Après encore une minute ou deux de route, elle demanda :

— Pourriez-vous me dire quelle est cette… ?

Elle découvrit alors son erreur. Ce qu'elle avait pris pour une ville était, en fait, un immense chantier naval.

— Dieu du ciel ! Je n'ai jamais rien vu d'aussi

gigantesque ! Et le grand bâtiment blanc sur l'eau, c'est un paquebot ! Je suis sûre qu'il est aussi long que deux porte-avions placés bout à bout.

— Quatre, pour être précis, la reprit Carlos.

— Vous plaisantez ? Je suis déjà montée sur un porte-avions : il faisait trois cents mètres de long.

— C'est exact. Le *Spirit of Atlantis* comporte vingt-trois étages supérieurs à partir du pont principal, et mesure mille deux cent trente mètres de long et deux cent dix mètres de large. C'est près de trois fois la largeur du *King Hawk*.

Elle n'en croyait pas ses oreilles. Un paquebot long de plus d'un kilomètre !

— Qu'est-ce que c'est ? L'arme secrète de l'Equateur ?

Les deux hommes éclatèrent de rire.

— Sérieusement. Il a été construit pour sa défense militaire ?

— Pas exactement, répondit Ben dans un murmure.

Ils approchaient à présent du bord de l'océan.

— Vous avez devant vous la ville flottante du futur, expliqua fièrement Carlos. Elle a été construite par un homme d'affaires américain qui, avec quelques autres, contribue depuis plusieurs années à la prospérité de ce pays en offrant un emploi à des milliers de gens. Quand l'*Atlantis* va prendre la mer la semaine prochaine, le chantier naval restera ouvert pour assurer la construction et la réparation d'autres paquebots.

Terri n'en revenait pas. Une ville flottante !

L'homme qui avait conçu quelque chose d'aussi fabuleux devait être un génie ! Et un projet d'une telle envergure était effectivement un sacré stimulant pour l'économie d'un pays.

— Pas étonnant que la construction de cette ville flottante ait enflammé l'imagination de mon ex-mari. Y a-t-il eu beaucoup d'Américains embauchés sur ce chantier ?

— Des milliers. Et des milliers de ressortissants des Etats-Unis et d'autres pays vont encore être recrutés pour travailler à bord de l'*Atlantis* lui-même.

Terri regardait la multitude de bâtiments, rails et grues géantes qui les entouraient maintenant. Au milieu de cette ruche en effervescence, elle remarqua plusieurs gros pétroliers qui portaient le logo de la société Herrick.

Elle se pencha en avant.

— Mon ex-mari était vitrier. Comment se fait-il que M. Herrick l'ait engagé ?

Elle intercepta le regard échangé entre Ben et Carlos avant que ce dernier ne lui réponde :

— Ce n'est pas lui personnellement qui l'a engagé.

— Alors pourquoi est-ce la société Herrick qui m'a appelée pour me dire que Richard était à l'hôpital ?

Carlos se gara le long d'un quai, puis se retourna pour la dévisager avec étonnement.

— Vraiment, vous ne saviez pas que ce fabuleux projet était l'invention de Ben ?

5.

— Non, murmura Terri.

Toutefois, elle n'en était pas surprise. Dès le premier regard, elle avait senti une sorte de magnétisme se dégager de Ben Herrick. Quelque chose qui le différenciait des autres hommes.

Elle comprenait mieux à présent les paroles du capitaine Ortiz :

« M. Herrick est un homme très important. Si la presse avait appris sa disparition, la nouvelle aurait fait la une de tous les journaux. »

— A vrai dire, mon ex-mari et moi ne nous sommes pas parlé depuis le divorce. Je ne savais donc même pas qu'il avait quitté les Etats-Unis pour venir travailler ici. Quand on m'a appelée de Houston, je suis tombée des nues.

— Comme moi en recevant le coup de fil de l'hôpital, remarqua Carlos à voix basse.

— Après ce qu'il vient de subir, M. Herrick devrait

déjà être allongé et se reposer, reprit la jeune femme. Son appartement est-il encore loin ?

— Je vis sur l'*Atlantis,* répondit Ben d'une voix rauque en ouvrant sa portière pour descendre.

Tout en digérant l'information, Terri se précipita pour attraper quelques sacs de courses à l'arrière du véhicule. Carlos prit les autres et sa valise.

Des douzaines d'hommes qui travaillaient sur le quai saluèrent Ben en le voyant. Pendant qu'il bavardait avec ceux qui s'étaient rassemblés autour de lui, sans doute à cause de son bras en écharpe, quelqu'un s'empressa de débarrasser Terri de ses sacs et l'entraîna vers un des canots à moteur qui assuraient la navette entre le quai et l'immense paquebot. Elle était consciente que Ben ne la quittait pas des yeux.

Quand il vint s'asseoir en face d'elle, elle sentit les battements de son cœur s'accélérer. Ses boucles brunes cachaient en partie son pansement au front, et celui du menton était très discret. Pour un homme qui venait de frôler la mort, il semblait étonnamment en forme.

Pendant que le canot fonçait vers le large, Terri huma avec plaisir l'enivrante odeur d'iode. Le soleil était déjà très chaud, mais la brise marine et les embruns apportaient une fraîcheur agréable.

Quand Ben lui avait demandé de lui servir d'infirmière pendant quelques jours, elle n'imaginait pas que cela serait à bord d'un paquebot. Et quel paquebot !

— Il est tellement magnifique que j'en reste sans voix, dit-elle à Ben lorsque son regard croisa enfin le sien.

Ses lèvres sensuelles s'entrouvrirent sur un sourire. Il était d'une beauté si saisissante qu'elle avait du mal à se concentrer.

Au moment où ils atteignaient une plate-forme permettant d'accéder à l'un des ponts inférieurs du paquebot, Terri se rendit compte que celui-ci était ancré dans des eaux très profondes. Il ne devait pas y avoir beaucoup de ports naturels dans le monde capables d'abriter un tel colosse.

Elle frissonna à l'idée que Richard avait perdu la vie dans cet endroit. Etait-il encore possible de retrouver son corps à de telles profondeurs ? Elle ne gardait pas grand espoir.

Ben eut alors un geste inattendu : il posa une main sur son bras.

— Ne pensez pas à cela pour l'instant. Je vous expliquerai tout quand nous serons seuls.

Décidément, il lisait dans ses pensées. Elle hocha la tête sans le regarder.

Des marins les aidèrent à débarquer.

— Vous ne venez pas avec nous ? demanda-t-elle à Carlos en voyant qu'il restait sur la navette.

— Non, j'ai du travail. Mais je vous dis à très bientôt.

— Je vous remercie pour votre aide si précieuse.

— Et moi donc, renchérit Ben.

— Ce fut un plaisir.

Une fois sur le paquebot, Terri eut l'impression d'entrer dans un hôtel de luxe. Ben la prit par le coude pour lui faire traverser le hall, qui devait faire plus de cent mètres de long, et la conduire vers un ascenseur privé.

— Posez simplement la valise et les paquets à l'intérieur, dit-il aux stewards, dont les uniformes bleu marine et blanc avaient beaucoup d'allure.

Après les avoir remerciés, il appuya sur un bouton et la porte de la petite cabine se referma. Terri était troublée de se trouver aussi près de l'homme qui hantait ses nuits.

Quand elle se sentit prise de vertiges, elle fut tentée de se raccrocher à lui. Elle était incapable de dire si cette sensation étrange était due à leur proximité ou à la vitesse vertigineuse de l'ascenseur. Heureusement, ils arrivèrent très vite à destination.

La porte de l'ascenseur s'ouvrit sur un salon magnifique avec ses murs blancs, ses voûtes arrondies et ses arches. On se serait cru dans une villa de rêve des îles grecques. Les tapis, les tableaux et le mobilier faisaient de jolies taches de couleur.

— C'est splendide ! s'exclama Terri.

— Je vais vous montrer le reste.

Elle remarqua ses traits tirés et secoua la tête.

— Non. Vous êtes tout pâle. Pour l'instant, il faut que vous vous allongiez.

Il la dévisagea longuement avant de l'entraîner dans un couloir qui desservait plusieurs pièces.

— Vous trouverez ici la chambre d'amis, dit-il en montrant la première porte à droite, avant de continuer vers sa propre chambre.

Qui était aussi somptueuse que le salon.

— Pendant que vous allez vous rafraîchir, je vais ouvrir votre lit, lui dit Terri.

Il faisait un mètre quatre-vingts de large, et sur le dessus-de-lit en piqué blanc était reproduite une œuvre de Mondrian. Les tableaux colorés et les élégants meubles de bois sombre sculptés à la main contrastaient agréablement avec la blancheur des murs.

Quand Ben ressortit de la salle de bains, elle lui enjoignit de s'allonger sur le lit, dont elle avait redressé les oreillers. Sans lui demander son avis, elle lui retira ses chaussures et ses chaussettes ; le soupir de satisfaction de Ben lui confirma qu'elle avait bien fait.

— Reposez-vous. Je vais vous préparer quelque chose à manger.

Elle sortit les sacs de provisions de l'ascenseur et les porta dans la cuisine, qui se trouvait juste après la salle à manger voisine du salon. Elle adorait cuisiner et la vue de cette pièce parfaitement équipée l'enchanta.

Le bouillon de légumes était bon, mais son patient avait besoin de quelque chose de plus reconstituant. Elle y incorpora une boîte de ragoût de bœuf, puis versa le mélange dans une casserole pour le réchauffer.

En quelques minutes, elle avait réuni sur un plateau cette sorte de purée, une boîte de nectar de pêche, un verre d'eau et deux comprimés d'analgésique.

Quand elle entra dans la chambre, Ben avait les yeux fermés, mais la bonne odeur les lui fit ouvrir aussitôt.

— Espérons que ceci vous redonnera un peu de forces, déclara Terri. Normalement, vous auriez dû rester une journée de plus à l'hôpital.

— C'était hors de question.

Elle ne répondit rien et posa le plateau sur ses genoux.

— Voulez-vous des calmants ?

Il fit oui d'un signe de tête et avala sans se faire prier les deux comprimés avec un peu d'eau, puis s'attaqua avec un appétit évident à sa purée de bœuf.

— Ah ! quel bonheur ! fit-il après avoir tout mangé.

— Je suis contente que cela vous ait plu. Si vous en voulez encore…

— Dans une demi-heure, peut-être ?

Son petit sourire lui fit chaud au cœur.

— J'ai un sacré appétit, vous savez. En attendant, vous voulez bien aller prendre le dossier bleu posé là, sur mon bureau ?

Terri le trouva sans difficulté.

— Approchez une chaise du lit. Je voudrais vous montrer quelque chose.

Elle s'exécuta. Il lui tendit alors une luxueuse brochure.

— J'ai bien senti dans la voiture que vous mouriez d'envie de me poser plus de questions. Ceci devrait y répondre.

Pendant les dix minutes qui suivirent, Terri resta plongée dans la description détaillée du paquebot géant.

L'Atlantis est littéralement une ville flottante qui va parcourir tous les océans du monde dans les années à venir. C'est un consortium d'entreprises internatio-

nales, et toutes les activités commerciales exercées à son bord sont exonérées de taxes et d'impôts.

*Les acquéreurs et leurs familles y occuperont de luxueux appartements équipés du téléphone et de la télévision par satellite. Il y aura également à bord des écoles, une bibliothèque, un hôpital ultramoderne, une caserne de pompiers, un commissariat de police, des centres commerciaux regroupant toutes sortes de boutiques détaxées, des supermarchés, des banques, un bureau de poste, un magasin de fleurs, des salons de coiffure et instituts de beauté, des restaurants, des cafés, des cinémas, une salle de concert, un parc de loisirs, un club de sports, une piste de courses, des piscines, des courts de tennis, un terrain de handball, un jardin public et même une piste d'atterrissage et un héliport permettant aux propriétaires et à leurs invités d'aller et venir entre l'*Atlantis *et les villes côtières du monde entier.*

Le concept était renversant. Terri découvrit ensuite le plan de cette ville flottante. Puis elle apprit que des voiturettes du genre de celles utilisées sur les golfs étaient mises à la disposition des résidents pour se déplacer.

Lorsqu'elle reposa la brochure, elle se rendit compte que le cerveau qui était à la tête de cette entreprise phénoménale guettait sa réaction.

— C'est… c'est incroyable ! bégaya-t-elle. Depuis combien de temps nourrissiez-vous ce rêve quand vous avez décidé d'en faire une réalité ?

Elle bondit de sa chaise pour le débarrasser du plateau.

— Non, ne répondez pas. Votre gorge n'est pas encore cicatrisée. Je vais aller m'installer dans la chambre d'amis, puis je reviendrai voir si vous n'avez besoin de rien.

— Terri ?

— Oui ?

Elle était déjà à la porte.

— Merci. Demain, je vous emmènerai à l'endroit où a eu lieu l'accident. Désolé de ne pas en avoir la force aujourd'hui.

Terri eut soudain mauvaise conscience. Depuis la proposition de Ben, elle en avait presque oublié Richard et la raison initiale de sa venue en Equateur.

Ben ne se réveilla que vers 6 heures du soir. En guise de dîner, elle lui fit chauffer un petit pot d'aliments pour bébés et lui prépara une purée de pommes de terre assez liquide. Il engloutit le tout en un temps record et ce n'est qu'après trois coupes de glaces qu'il se déclara enfin rassasié. Elle lui donna deux autres calmants et lui conseilla de se rendormir.

Quand elle revint le voir un moment plus tard, il

était plongé dans un profond sommeil. Elle éteignit sa lampe de chevet et repartit sur la pointe des pieds en laissant la porte entrouverte pour le cas où il aurait besoin d'elle dans la nuit.

Elle se demandait si elle ne rêvait pas ; c'était tellement inimaginable : elle se trouvait en Amérique du Sud, sur une ville flottante ! Et s'apprêtait à dormir dans une chambre jouxtant celle d'un homme qui n'était ni son mari ni son fiancé !

A peine s'était-elle couchée dans son grand lit que le téléphone sonna. Craignant qu'il ne réveille Ben, elle décrocha aussitôt.

— Terri ? dit une voix masculine familière.

— Parker ?

— Cela me fait plaisir que vous ayez reconnu ma voix.

« Décidément, le frère de Ben ne lâchait pas facilement prise », songea la jeune femme.

— Vous allez être déçu : votre frère est dans sa chambre, il dort profondément et je n'ose pas le réveiller.

— Tant mieux. C'est à vous que je voulais parler.

— Je dormais, moi aussi, mentit-elle pour refroidir ses ardeurs sans lui faire de peine.

— Alors, juste un petit conseil : ne vous pliez pas

106

à toutes les exigences de Ben ; c'est un esclavagiste notoire.

Cette réflexion l'agaça.

— Pour l'instant, c'est un blessé qui devrait encore être à l'hôpital…

— Ben ne fait jamais rien comme tout le monde.

« C'est ce qui en fait un homme remarquable », pensa-t-elle.

— Merci, Parker, de vous soucier de moi, mais il faut que je raccroche à présent.

— Pourquoi ? Il vous réclame déjà ?

— Effectivement, dit la voix rauque de Ben, qui avait décroché de sa chambre.

La main de Terri se crispa sur le combiné. Elle n'était pas contente que Parker ait réveillé son patient, mais elle en profita pour prendre congé de lui.

Elle eut à peine le temps d'enfiler un peignoir que le téléphone sonnait de nouveau. Ben aurait-il raccroché au nez de son frère ?

— Voulez-vous que je réponde ? demanda-t-elle en se précipitant dans sa chambre.

— Oui, je veux bien.

Elle décrocha, prête à jouer les cerbères.

— Parker, je suis désolée, mais…

— Madame Jeppson ?… C'est Martha Shaw. J'ai

appris par l'hôpital que Ben était sorti. Je suppose qu'il va donc mieux. J'ignore ce que vous faites auprès de lui, mais passez-le-moi, je vous prie.

— Un instant.

Terri inspira profondément, mit une main sur le récepteur, puis se tourna vers Ben. Il la fixait dans la pénombre.

— Dites à Martha que je dors.

Terri cligna des yeux.

— Comment savez-vous que c'est elle ?

— L'accident m'a donné des dons de divination, répondit-il avec un sourire moqueur.

— Elle a des sentiments pour vous. Ne puis-je pas lui transmettre un message plus gentil ?

— Non.

Terri savait qu'il disait toujours ce qu'il pensait.

— Désolée, mademoiselle Shaw, mais il dort. Pourriez-vous rappeler demain matin ?

— Je ferai mieux que ça. Dites à Ben que je *serai* là demain matin.

Le cœur serré à l'idée qu'elle ne serait plus jamais seule avec lui, Terri raccrocha lentement.

— Qu'est-ce qui vous a fait pâlir ainsi ? lui demanda Ben.

Elle ouvrit la bouche de surprise.

— Je… c'est parce qu'elle m'a paru très peinée.

Elle m'a chargée de vous dire qu'elle arrivait demain matin.

Ben jura entre ses dents.

— Je peux comprendre son angoisse si elle imagine — bien à tort, d'ailleurs — que je représente une menace pour elle, reprit Terri. N'auriez-vous pas mieux fait de lui dire simplement que vous l'aimiez ?

Elle se mordit aussitôt la lèvre. De quoi se mêlait-elle ? A voir l'expression de Ben, elle en conclut qu'elle l'avait fâché.

— Je suis désolée, Ben. Pardonnez-moi de donner ainsi mon avis sans qu'on me le demande. C'est un de mes pires défauts.

— Au moins, vous m'avez appelé par mon prénom, c'est déjà un progrès. Asseyez-vous, Terri. Je voudrais vous parler.

Elle s'exécuta, l'estomac noué.

— Où avez-vous été chercher que j'étais amoureux de Martha Shaw ?

Cette question l'emplit d'une telle joie qu'elle ne sut pas quoi répondre.

— Quand Parker m'a emmenée à l'appartement de Richard, son nom est arrivé dans la conversation. J'ai dit qu'elle semblait être très amoureuse de vous. Votre frère m'a demandé comment je le savais, et j'ai répondu que c'était mon instinct qui me le disait. A ce moment-là, il a changé de sujet. J'en ai simplement conclu que Mlle Shaw et vous aviez des relations intimes. Ce que confirmaient ses appels répétés à l'hôpital. Quand vous avez dit que vous refusiez de lui parler, j'ai pensé à une querelle d'amoureux. Je ne savais pas…

Ben laissa échapper un soupir de lassitude.

— Martha est l'ex-femme de Parker.

— Quoi ?

Terri faillit en tomber de sa chaise.

— Il y a longtemps, mon frère Creighton, qui dirige la compagnie pétrolière de notre père, l'a engagée comme secrétaire. Lors d'un de mes séjours à Houston il y a quelques années, nous nous sommes rencontrés et elle m'a aussitôt fait des avances. Elle est jolie, certes, mais j'aime bien rester maître du jeu de la séduction et je lui ai fait comprendre qu'elle ne m'intéressait pas.

Terri attendait la suite avec impatience.

— Très peu de temps après, j'apprenais que Parker était tombé raide amoureux d'elle et voulait l'épouser. J'aime mon frère et je ne voulais pas qu'il souffre. Mais au lieu de le mettre en garde contre Martha, j'ai dénigré l'institution du mariage, ce qui a seulement eu pour effet de le faire rire. Et j'ai prétexté un problème urgent à résoudre ici pour ne pas assister à la cérémonie. Il ne lui a pas fallu longtemps pour découvrir que Martha était bien trop égocentrique pour aimer qui que ce soit. D'après mes parents, il a beaucoup hésité avant de demander le divorce. La pension alimentaire qu'il lui a proposée était très généreuse, mais, malgré cela, elle n'acceptait de lui rendre sa liberté qu'à condition de retrouver son poste de secrétaire auprès de Creighton. Mon frère aîné a commencé par refuser, puis, pour accélérer le divorce de Parker, il a fini par céder, mais en exigeant qu'elle reprenne son nom de jeune fille.

— Comme je regrette d'avoir dit étourdiment à votre frère que son ex-femme était amoureuse de vous ! J'ai dû lui faire beaucoup de peine.

— Vous ne pouviez pas deviner. Cela dit, c'est plutôt un service que vous lui avez rendu : il va peut-être cesser de se croire responsable de leur divorce.

— Et c'est vous qu'il va en rendre responsable ! s'écria-t-elle, désespérée.

— Non, Terri. Il sait très bien que depuis huit ans ma vie est ici.

— J'espère que vous dites vrai, murmura Terri, les yeux embués de larmes. Comment Martha a-t-elle pu être aussi malhonnête ? Parker est si gentil. Cela aurait pu vous brouiller, tous les deux.

— Non. Après son divorce, il est venu passer un mois ici avec moi et nous sommes plus proches que jamais.

— Et s'il apprend qu'elle vient vous voir ?

— Qu'elle vienne ! Elle aura droit au plus grand choc de sa vie. Mais nous en reparlerons demain.

Cette discussion l'avait fatigué. Il voulait dormir. Terri se leva.

— Merci de m'avoir tout raconté. Pauvre Parker !

— Allons, il s'en remettra. Et ne vous croyez pas obligée de le consoler.

— Cette pensée ne m'avait pas traversé l'esprit.

— Peut-être pas consciemment. Mais deux personnes qui ont connu la même épreuve ont déjà un point commun. J'espère que vous-même ne vous êtes jamais crue responsable de votre divorce ?

— Au début, si. Puis j'ai fini par comprendre que c'était Richard qui ne supportait pas d'être enchaîné.

— Sans doute était-il trop immature et égocentrique pour se rendre compte qu'il avait tiré le bon numéro. On pourrait en dire autant de Martha. Elle a perdu un homme de valeur comme il y en a peu.

Terri savait qu'il parlait de Parker.

— Et maintenant, mon frère se croit de nouveau

amoureux. C'est vrai que vous avez le don de provoquer les confidences. Pas étonnant qu'il vous poursuive de ses assiduités. Il va falloir prendre des mesures draconiennes.

Terri fronça les sourcils.

— Lesquelles ?

— Nous discuterons de tout cela demain. Bonne nuit, Terri.

— Bonne nuit.

En levant les yeux vers le ciel le lendemain matin, Terri y vit de gros nuages noirs. Ben lui avait dit qu'une tempête se préparait et lui avait proposé d'aller sur les lieux de l'accident avant même de prendre leur petit déjeuner.

Sur le pont inférieur situé à tribord du paquebot, deux marins les aidèrent à enfiler des gilets de sauvetage puis à monter sur un petit canot à moteur. Ben sauta dedans avec souplesse et fit signe à l'un d'eux de mettre le moteur en route.

Quelques secondes plus tard, ils s'écartaient du paquebot géant, remontaient en parallèle jusqu'à la proue, puis s'élançaient en pleine mer.

Ils n'étaient plus protégés du vent par la rade et Terri s'agrippait au bord de l'embarcation, que de grosses vagues soulevaient puis faisaient plonger de l'avant.

Au bout d'une minute ou deux, Ben fit signe au marin de couper le moteur, puis se tourna vers elle.

— C'est à peu près ici que s'est produit l'accident. J'aurais souhaité tout vous expliquer sur place, mais la mer est trop démontée. Il vaut mieux rentrer.

— Merci de m'y avoir emmenée.

— C'est le moins que je puisse faire.

Ben fit signe au marin de faire demi-tour. A chaque vague, leur bateau se soulevait dangereusement et Terri avait hâte d'être à l'abri.

De retour sur le paquebot, tandis qu'ils regagnaient le quinzième étage en ascenseur, elle se tourna vers lui.

— J'ai une idée pour ménager votre gorge et vos brûlures aux mains : vous pourriez taper le récit de l'accident sur l'ordinateur portable que j'ai vu sur votre bureau.

Le sourire d'approbation qu'il lui lança la fit fondre. Quand elle revint de la cuisine, un moment plus tard, chargée du plateau du petit déjeuner, Ben était déjà installé à son bureau.

— Vous y arrivez ?

— J'ai presque fini.

— Vous commencez à retrouver votre voix, on dirait. Ce n'est plus un simple murmure.

— J'en suis soulagé.

114

— C'est pour cette raison qu'il vaut mieux l'épargner encore un jour ou deux.

Comme il devait être heureux de ces progrès !

Le temps qu'elle installe les tasses et les assiettes sur la table de la salle à manger, il l'avait rejointe avec son ordinateur portable.

— Vous lisez dans mes pensées, murmura-t-il, ravi, en voyant le porridge et les œufs brouillés qu'elle avait préparés.

Sa première bouchée d'œufs avalée, Terri attaqua la lecture du texte affiché à l'écran. Le moment était venu d'apprendre enfin ce qui s'était passé le jour du drame.

Votre ex-mari arrivait souvent au travail en retard ou avec la gueule de bois ; parfois, il ne se présentait même pas. Le chef de chantier a bien voulu fermer les yeux plusieurs fois, mais Richard a continué.

Pour pouvoir le licencier, son patron devait en référer au siège local. Carlos a donné un dernier avertissement à votre ex-mari — là encore, en vain — puis il m'a soumis le problème car c'est moi qui prends la décision en dernier recours.

J'ai donc examiné le dossier d'embauche de votre ex-mari. Il indiquait comme dernier employeur une société de Baton Rouge. En appelant là-bas, j'ai appris qu'il les avait quittés pour venir travailler chez nous, mais qu'il n'était pas très sérieux et qu'ils ne l'auraient pas gardé, de toute façon. J'ai pour principe de donner à chacun la chance de faire ses preuves. Il n'y a rien que je déteste autant que licencier un employé, surtout quand il a une famille à charge. Votre ex-mari avait déclaré être domicilié à Lead, dans le Dakota du Sud, et être marié.

Ce jour-là, à la fin de ses heures de travail, je lui ai demandé de venir avec moi à terre parce que je voulais lui parler seul à seul. Il était sur la défensive, mais il est monté avec moi sur l'annexe.

Malheureusement, une tempête tropicale s'est levée d'un coup. Quand je me suis rendu compte qu'il n'avait pas son gilet de sauvetage, je lui ai ordonné de l'enfiler parce que nous allions être secoués. Il a refusé ; j'ai donc fait demi-tour. Nous ne distinguions même plus la côte.

Un bateau à moteur fou a brusquement jailli de l'obscurité et foncé sur nous. A son bord se trouvaient deux jeunes gens, sans gilet de sauvetage, eux non plus, qui avaient sans doute décidé de faire une virée nocturne malgré la mer agitée. Quand ils nous ont heurtés par le travers, leurs corps ont volé dans les airs. Notre embarcation s'est fendue en deux et a coulé ; Richard avait perdu connaissance sous le choc. J'ai essayé de me rapprocher de lui, mais de *l'essence s'était échappée du réservoir, elle s'est enflammée et nous avons été instantanément séparés par le feu. J'ai vu les deux jeunes gens et lui se faire dévorer par les flammes. Tous trois ont coulé à pic et n'ont jamais refait surface.*

J'ai nagé comme un fou pour essayer de retrouver Richard, mais en vain. Je n'ai pas réussi à le sauver. Trois hommes étaient morts dans cet accident ; j'éprouvais une terrible culpabilité à être, moi, encore en vie.

Mon dernier souvenir est l'image d'un pêcheur me hissant à son bord ; avant de sombrer dans le coma, je me rappelle avoir crié : « Mme Jeppson… Contactez Mme Jeppson. »

— Quel cauchemar ! Dieu soit loué, vous êtes en vie !

Sans même réfléchir, Terri posa sa main sur celle de Ben.

— Promettez-moi de ne plus jamais éprouver cette culpabilité. Si Richard n'avait pas refusé d'enfiler son gilet de sauvetage, il serait sans doute encore en vie, lui aussi. Comme ces deux jeunes gens sans doute, mon ex-mari s'est toujours cru immortel.

Ben secoua tristement la tête.

— Si j'avais attendu d'être à quai dans le bureau

de Carlos pour le sermonner, rien de tout cela ne serait arrivé.

Terri bondit de sa chaise.

— On ne peut pas vivre avec des « si » ! Votre intention de lui annoncer son licenciement sans témoin pour lui épargner toute honte était tout à fait louable. Ce n'est pas votre faute s'il n'a pas mis son gilet ou si un bateau fou vous est rentré dedans. Les accidents existent, malheureusement.

Ben la dévisagea d'un air grave.

— Selon Carlos, la police a établi que les deux jeunes gens étaient des Brésiliens en vacances sur la côte. J'ai engagé une équipe d'hommes-grenouilles pour essayer de retrouver les trois corps. Mais pour l'instant, les recherches n'ont rien donné et les gardes-côtes pensent que c'est peine perdue.

— Le courant sous-marin les a sans doute emportés au large.

— Cette pensée vous est-elle supportable ?

— Si vous pensez que je suis encore amoureuse de Richard, c'est que vous ne m'avez pas écoutée. Il y a des années que tout est fini entre nous, par sa faute. Bien sûr, je suis triste qu'il soit mort si jeune, mais c'est le destin. Et vous ne devez pas laisser la culpabilité vous gâcher la vie. Comme le capitaine Ortiz l'a dit, vous êtes quelqu'un d'important, non

118

seulement dans le monde des affaires, mais aussi parce que des milliers de gens dépendent de vous pour leur subsistance. Alors cessez de vous torturer l'esprit.

Après quelques instants de silence, elle ajouta :

— Si l'on doit avoir de la pitié pour quelqu'un, c'est pour Juanita Rosario. C'est elle qui pleure Richard aujourd'hui ; je souhaite que la naissance de son enfant l'aide à l'oublier. Maintenant que je connais mieux la situation, je sais pourquoi il a prétendu être marié. Richard a toujours aimé les femmes, mais il détestait se sentir enchaîné. En faisant croire à Juanita qu'il était marié, il évitait de prendre vis-à-vis d'elle des engagements qu'il n'aurait jamais pu tenir.

— C'est possible.

Ben laissa échapper un profond soupir.

— Bon, je me sentirais moins mal si vous acceptiez que je vous aide à organiser ses obsèques.

— J'accepte, répondit Terri, touchée par sa délicatesse. Le seul problème, c'est que ma mère et moi pensons que la cérémonie doit avoir lieu à Spearfish, sa ville natale.

— C'est tout à fait normal. Je demanderai au pilote de mon jet de nous y emmener demain matin. Le temps devrait s'arranger.

— Etes-vous sûr que vous pouvez vous absenter alors que l'appareillage est imminent ?

Les traits de Ben se durcirent.

— Un homme est mort alors qu'il était sous ma responsabilité. Lui assurer des obsèques décentes est la première des priorités.

— Merci, murmura Terri.

Dès l'instant où elle l'avait vu, elle s'était sentie attirée par cet homme ; à présent, elle savait pourquoi. Et elle était follement amoureuse de lui.

Craignant qu'il ne lise dans ses pensées, elle bondit de sa chaise et entreprit de débarrasser la table.

— En attendant, le mieux que vous ayez à faire est de vous reposer. Allez vous allonger. J'ai une surprise pour vous.

Ben la dévisagea d'un air coquin. Dans son polo de marin, il était irrésistible.

— Comment avez-vous deviné que ce dont je rêve, c'est d'un massage des jambes comme celui que vous m'avez fait à l'hôpital ?

Terri rougit.

Pendant qu'il suivait des yeux chacun de ses mouvements, elle alluma la télévision et mit le magnétoscope en marche.

Les premières images du film *La Momie* apparurent à l'écran. Ben éclata de rire.

— J'ai pensé que ce serait une bonne façon de passer le temps pour vous.

Il la dévisagea longuement.

— D'accord, si vous le regardez avec moi, lui dit-il en tapotant le dessus du lit pour l'inviter à s'installer à côté de lui.

Son cœur fit un bond dans sa poitrine. Mais malgré l'envie qu'elle avait de le rejoindre, elle alla prudemment s'asseoir dans le fauteuil.

Quand le téléphone sonna, une demi-heure plus tard, il décrocha en fronçant les sourcils d'agacement.

Le temps qu'elle aille mettre le magnétoscope sur « pause », il avait déjà raccroché.

— Il y a un problème ?

— Non, répondit-il en la regardant droit dans les yeux. Et il n'y en aura pas si vous voulez bien jouer la comédie pour m'aider.

6.

Terri était si amoureuse de Ben qu'elle se sentait bien incapable de lui refuser quoi que ce soit. Néanmoins, son instinct lui disait de se montrer prudente.

— Oh ! et puis non ! Restez tranquillement ici pendant que je me débarrasse de Martha.

— Elle est réellement venue du Texas ? demanda Terri, incrédule.

— Un steward vient de m'informer qu'elle attend à l'étage en dessous la permission de monter.

— Comment a-t-elle osé ? Et si Parker était ici ?

— Ce genre de comportement est en effet inacceptable.

— Pourquoi votre frère Creighton ne la met-il pas à la porte ?

— Parce qu'il craint qu'elle ne traîne de nouveau Parker en justice pour obtenir une pension plus importante. Mon jeune frère essaie de gérer au mieux son élevage de chevaux, mais la cupidité de Martha grève déjà lourdement son budget.

Terri essayait de réfléchir très vite.

— En quoi pourrais-je vous aider face à quelqu'un d'aussi déterminé ?

— Comme elle est venue essentiellement parce qu'elle est jalouse de vous, votre rôle est prépondérant. Grâce à vous, la famille Herrick va peut-être enfin être débarrassée d'elle une fois pour toutes.

— Dans ce cas, vous pouvez compter sur moi, dit Terri d'un ton solennel.

Ben la gratifia d'un sourire éblouissant.

— Bon, je vais lui envoyer l'ascenseur. Qu'on en finisse au plus vite.

— Où voulez-vous que je me tienne à son arrivée ?

— Vous pourriez aller nous préparer des boissons fraîches, puis nous rejoindre dans le salon.

— Très bien. A tout de suite.

Terri était vraiment curieuse de rencontrer cette femme qui avait épousé Parker uniquement pour ne pas s'éloigner de Ben.

Quand elle les rejoignit un moment plus tard, Martha Shaw était assise à un bout du canapé, le plus proche du fauteuil de Ben. Elle était tout sourire.

Mince et brune, de taille moyenne, les cheveux

tirés en queue-de-cheval, elle avait de grands yeux marron et de jolies fossettes ; son ensemble pantalon vert pomme lui allait à ravir. Bref, elle avait tout pour plaire. Terri comprenait que Parker ait pu être séduit. N'importe quel homme le serait. Ben avait été l'exception, semblait-il.

— Je suis ravie de faire enfin votre connaissance, mademoiselle Shaw, dit-elle en lui présentant le plateau de rafraîchissements.

Martha y prit un verre avant de répondre :

— Qui aurait pu imaginer que c'était Ben qui se trouvait à l'hôpital et non votre mari ? Je viens d'apprendre sa mort. Je suis désolée.

— Merci. Et merci de vous être occupée de mes réservations d'avion et d'hôtel. Sans vous, je n'aurais pas pu venir aussi vite... Ben, un peu de jus d'orange ?

— Pose le plateau et viens t'asseoir, dit-il en la tutoyant. Je me servirai.

Le sourire de Martha n'était plus aussi vaillant.

— Je disais à Ben que son frère Creighton m'avait autorisée à venir m'occuper de lui le temps qu'il se rétablisse.

« Quelle menteuse ! » songea Terri.

Cependant, elle ne savait pas trop quelle réponse Ben attendait d'elle.

— Rien ne vaut l'entraide familiale dans les moments difficiles, hasarda-t-elle.

— Ni un précieux collaborateur comme Carlos, ajouta-t-il d'un ton suave.

Après cette défaite sur les deux fronts, Martha tourna vers Terri un regard inquisiteur :

— Et vous comptez rester ici longtemps ?

— Je repars demain dans le Dakota.

— Maintenant que je suis ici, voulez-vous que je m'occupe de votre transfert à l'aéroport ?

Ben finit son verre et le reposa sur la table.

— C'est inutile. J'ai déjà fait le nécessaire.

— Dans ton état ?

— J'y tenais. C'est mon jet privé qui nous emmènera à Lead, Terri et moi, pour y organiser les obsèques de son ex-mari.

Martha faillit s'étrangler. Elle dévisageait Terri avec stupéfaction.

— Votre *ex*-mari ? Vous étiez divorcés ?

— Depuis un an. Et nous n'avions plus aucun contact. C'est pour cela que je suis tombée des nues quand vous m'avez appris qu'il avait été victime d'un accident en Equateur.

Devant l'air renfrogné de Martha, Terri jugea bon d'ajouter :

— Je ne vous ai pas précisé que nous étions

125

divorcés car j'ai supposé que lui-même l'avait caché volontairement. Peut-être parce que la société Herrick n'engageait que des gens mariés pour ses chantiers à l'étranger. Je n'ai pas voulu lui attirer d'ennuis au moment où il avait le plus besoin de mon aide.

— En quoi son sort vous importait-il ?

— Le fait d'avoir divorcé ne m'a jamais empêchée de me soucier de lui. On ne tire pas un trait du jour au lendemain sur des années de vie commune.

— Ça dépend du mari, rétorqua Martha.

Terri en ressentit de la tristesse pour Parker.

— Ben m'a dit que Parker et vous aviez été mariés. Même si à présent vous êtes divorcés, je suis bien sûre que s'il vous demandait de lui venir en aide vous le feriez ; en souvenir de vos jours heureux ensemble.

— C'est à voir.

Terri ne pouvait pas laisser passer cette remarque.

— Quand j'ai rendu visite à la nouvelle femme de Richard et lui ai appris sa mort, Parker m'a gentiment servi d'interprète. Il lui a aussi donné de l'argent spontanément au nom de la société Herrick. C'est un homme de cœur.

Ben cherchait le regard de Terri. Manifestement, il découvrait en même temps que Martha que Parker l'avait accompagnée.

— Bref, tout le monde a été formidable dans ces pénibles circonstances. Vous-même, Martha, avez facilité ma venue en Equateur et je vous en remercie, poursuivit Terri.

La jeune femme hocha la tête.

— Quand seras-tu de retour ? demanda-t-elle à Ben.

— Je ne sais pas, répondit ce dernier en se levant pour venir se placer derrière le fauteuil de Terri et lui poser une main sur l'épaule. Tout dépendra du moment où Terri acceptera de devenir ma femme en même temps que ma secrétaire particulière.

Un profond silence s'ensuivit.

Terri observait le visage de Martha, qui s'était décomposé. Elle-même était si bouleversée qu'elle avait du mal à respirer. Les paroles de Ben lui revenaient à présent à la mémoire :

Ça ne devrait pas être un problème si vous m'aidez…

Drôle d'aide ! Ben devait se sentir vraiment acculé pour avoir recours à un tel stratagème.

Martha se tourna vers elle d'un air incrédule.

— Vous allez vous marier ?

— Nous… nous ne l'avons encore dit à personne, balbutia Terri. Nous préférions attendre que les obsèques aient eu lieu.

La pression des doigts de Ben sur son épaule lui provoqua un doux frisson.

— Comme tu vois, Martha, renchérit-il, tout est réglé. Je remercierai Creighton par téléphone de t'avoir dépêchée auprès de moi.

— C'est inutile.

La jeune femme semblait avoir subi l'effet d'une bombe.

Ben lâcha l'épaule de Terri et ajouta :

— Bon, nous étions en train de regarder un film passionnant… Je te raccompagne à l'ascenseur.

Terri était censée se comporter comme une femme amoureuse. Ce n'était pas difficile. Depuis quelques jours, sa vie ne tournait plus qu'autour de Ben.

Elle bondit de son fauteuil et lui prit la main.

— Tu devrais être au lit, Ben. Retourne t'allonger. Je me charge de raccompagner Martha.

Il lui posa un petit baiser dans le cou, ce qui eut pour effet de la faire se liquéfier sur place. Puis il prit congé de Martha. Celle-ci se dirigea d'un pas raide vers l'ascenseur.

— Bon retour à Houston, lui dit Terri sans ironie au moment où les portes se refermaient sur elle.

Martha la foudroya du regard.

Terri s'empressa ensuite de rejoindre Ben dans sa

chambre. Allongé sur le lit, la télécommande à la main, il l'accueillit avec un grand sourire.

— Ma tactique a marché.

Son calme apparent détonnait avec le tumulte intérieur que Terri ressentait.

— Pas pour longtemps. A son retour à Houston, Martha va annoncer à votre frère que nous comptons nous marier ; quand elle apprendra qu'il n'en est rien, elle va se déchaîner comme une furie.

— Cela ne dépend que de vous, répondit Ben en la regardant droit dans les yeux.

— Que voulez-vous dire ?

— A l'hôpital, j'ai pris une décision : celle de vous proposer de devenir ma secrétaire particulière. Je n'ai jamais éprouvé le besoin d'en avoir une, mais j'ai changé d'avis en découvrant ce don extraordinaire que vous avez d'aplanir toutes les difficultés. Vous êtes unique en votre genre, et votre aide me serait très précieuse à présent que mon rêve devient réalité.

— Venant de la part d'un grand patron comme vous, ce compliment me flatte, bien sûr, mais…

— Depuis plusieurs jours, je me demande comment je pourrais vous convaincre de quitter votre petite vie tranquille des Black Hills.

Le pouls de Terri s'accélérait à chacun de ses mots.

— Je puis vous assurer que vous aurez cent fois plus de problèmes à régler ici qu'à la chambre de commerce de Lead. Votre prix sera le mien. Je vous offre un emploi stable et de confortables revenus à vie. Mais aussi le droit pour vos parents de venir séjourner gratuitement à bord, des congés fréquents pour leur rendre visite aux Etats-Unis, l'occasion de faire plusieurs fois le tour du monde… Malgré tout, j'ai bien peur que cela ne vous suffise pas.

— C'est trop d'honneur…

Ben sourit.

— Je n'ai pas fini. Ce que j'apprécie tant en vous, c'est cette sensibilité féminine qui vous rend si attentive aux autres. Vous êtes à l'écoute de leurs besoins, vous débordez de compassion. Mais je suis conscient que, pour être pleinement heureuse, il vous faut un mari et des enfants à aimer.

Terri se laissa tomber dans le fauteuil le plus proche. Ben la connaissait trop bien. Ce qui n'était d'ailleurs pas étonnant : elle lui avait ouvert son cœur comme elle ne l'avait jamais fait avec quiconque.

— Alors, avec une maladresse de vieux célibataire, je vous le demande : accepteriez-vous de devenir ma femme ?

« Seigneur ! » songea Terri.

— Vous n'êtes pas obligée de me donner une

réponse tout de suite, ajouta Ben. En fait, je préférerais même que vous attendiez que les obsèques de votre ex-mari soient passées pour y réfléchir.

Terri se leva de son fauteuil, incapable de rester assise.

— Vous avez trop parlé pour aujourd'hui. Il faut laisser vos cordes vocales se reposer.

— Il y a eu beaucoup de femmes dans ma vie, bien sûr, poursuivit Ben comme s'il ne l'avait pas entendue. Mais j'étais trop concentré sur mon rêve pour me soucier d'approfondir une relation. Cependant, les événements de ces derniers jours et votre présence à mes côtés m'ont fait comprendre que je n'aurais pas plaisir à continuer de vivre cette aventure seul.

— Et l'amour, dans tout cela ?

— Nous avons l'un et l'autre connu les premières amours, les feux de la passion, le mystère qui préside aux relations entre un homme et une femme. Vous avez aussi vécu l'expérience d'être enceinte et de porter un enfant.

Terri détourna les yeux.

— Redoutez-vous de faire encore une fausse couche en cas de nouvelle grossesse ?

Elle hésitait à répondre, mais finit par hocher la tête.

— C'est sans doute ce qui explique votre inquiétude pour Juanita.

Terri luttait pour retenir ses larmes.

— C'est tellement horrible de perdre son bébé et de se retrouver seule parce que l'homme avec qui vous avez conçu ce petit être a fui ses responsabilités…

Elle éclata en sanglots et enfouit son visage dans ses mains.

— Je suis désolée, dit-elle très vite en relevant la tête.

— Ne cherchez jamais à contenir vos émotions, Terri. C'est dans ces moments-là que je me sens le plus proche de vous. Il y a entre nous cette alchimie particulière qui nous permet de lire dans les pensées l'un de l'autre. De la confiance, de l'estime. La même tournure d'esprit, le même humour. Ces précieux ingrédients pourraient assurer une base solide à notre union. Et qui sait ? Peut-être, avec le temps, pourrions-nous éprouver de l'amour l'un pour l'autre ?

« Le désir qu'il lui inspirait était terriblement fort, mais en éprouverait-il un jour pour elle ? se demanda Terri. L'accident l'avait rendu vulnérable pour la première fois de sa vie, d'après ce que lui avait dit Parker. Elle s'était trouvée là par hasard pour soulager sa détresse, voilà tout. »

Peut-être serait-il dans un tout autre état d'esprit

dans une semaine ? Il en était certainement conscient et c'était la raison pour laquelle il lui avait proposé de remettre sa réponse à plus tard. En homme d'affaires avisé, il tenait sans doute à se garder une issue de secours.

— Votre proposition est tentante, dit-elle doucement. Je vais y réfléchir.

« C'est tout vu », lui criait cependant son cœur.

— Ce n'est pas tout, reprit Ben. Parker vous trouve très attirante. Carlos aussi. Chacun d'eux s'interroge sur ses chances de vous plaire. Si vous deveniez ma femme, la question sera réglée. Et j'aurai l'assurance que vous n'allez pas me quitter du jour au lendemain pour quelqu'un qui ne saura jamais vous apprécier autant que moi.

« Stop ! Stop ! cria Terri en son for intérieur. J'en meurs trop d'envie. J'ai trop envie d'être à vous. »

Ben reprit d'un ton plus léger :

— Toutes ces discussions m'ont donné faim. Je mangerais bien un croque-monsieur.

— Vous n'avez pas droit aux sandwichs avant demain. Que diriez-vous d'une omelette ? J'y mettrai plein de fromage.

— Bon, d'accord. Avec un demi-litre de lait alors.

—Désolée. Il faudra vous contenter d'un quart.

Ben soupira d'un air résigné.

— Quand vous serez de retour, nous pourrons continuer de regarder le film. Nous en étions au moment le plus intéressant.

— Ne m'attendez pas, lui dit-elle en emportant le plateau. Je l'ai déjà vu.

— Mais je n'y prendrai pas le même plaisir sans vous.

Il n'aurait pas dû lui dire ça. Surtout s'il le pensait vraiment.

« ... la résurrection de Notre-Seigneur. Amen. » L'oraison funèbre était terminée. L'assemblée entonna une dernière hymne. Terri était contente de voir que la petite chapelle de Spearfish était pleine. Les gens étaient venus rendre un dernier hommage à Richard, mais aussi à son oncle et à sa tante, qui l'avaient élevé.

Elle avait beaucoup de mal à se concentrer, car elle était troublée par la présence de l'homme assis quelques rangs derrière elle.

Grâce à la générosité de Ben, la chapelle était remplie de fleurs. Il avait aussi fait élever une stèle pour Richard dans le cimetière où était enterrée sa famille.

Ce geste lui avait valu l'estime de sa mère, qui avait

insisté pour le loger. Ainsi, Terri n'avait pas eu à lutter contre la tentation de l'inviter à dormir chez elle.

Depuis trois jours qu'il était là, toute la famille Jeppson était sous le charme. Personne ne voulait le voir repartir en Equateur, et surtout pas elle.

En revanche, son comportement de gentil grand frère l'inquiétait : regrettait-il déjà sa proposition ? Il n'avait pas abordé le sujet une seule fois depuis son arrivée.

Sa mère lui posa une main sur le bras.

— Ma chérie, je rentre à Lead avec Beth et Tom. Nous vous attendons pour le déjeuner, Ben et toi.

— Mais il repart dans l'après-midi, protesta-t-elle faiblement.

— Il ne refusera sûrement pas un dernier bon repas.

Sa mère avait bien cerné Ben. Depuis que sa gorge avait désenflé et qu'il avait le droit de manger de tout, son appétit faisait plaisir à voir. Elle la serra dans ses bras.

— Merci pour tout, maman. Tu es formidable.

Sa mère remarqua le léger tremblement dans sa voix.

— Que se passe-t-il, ma chérie ?

— Rien, rien... l'émotion...

135

— Eh bien, ne le laisse pas repartir, lui souffla-t-elle à l'oreille.

Elle avait tout compris.

— Terri ? Que puis-je faire d'autre ?

C'était Ben. Le simple son de sa voix suffisait à la faire vibrer. Dans son élégant costume de soie grise, il était si beau qu'elle n'osait pas lever les yeux vers lui de peur de ne plus pouvoir en détacher son regard.

Elle s'écarta de sa mère.

— Rien, merci pour tout, Ben. Nous pouvons y aller à présent.

Après avoir échangé quelques mots avec les personnes qui l'attendaient sur le parvis, elle se dirigea vers sa voiture. Le médecin ayant ordonné à Ben de garder le bras en écharpe encore deux semaines, elle était ravie de lui servir de chauffeur.

Pendant ces trois jours, elle lui avait fait visiter les Black Hills. Le temps était passé si vite qu'elle n'arrivait pas à croire que c'était déjà fini. Et à l'idée qu'il allait repartir, elle était complètement abattue.

— Terri, lui dit-il à l'entrée de Lead, vous ne m'avez pas encore emmené à votre appartement. Y a-t-il une raison particulière à cela ?

Sa question la prit par surprise.

— Nous avons été trop occupés, c'est tout.

— Eh bien, là, nous avons le temps.

Elle sentit son cœur bondir dans sa poitrine.

— Maman nous attend pour le déjeuner, et après, je dois vous conduire à l'aéroport.

— Le pilote attend mes instructions.

— Je ne pense pas que ce soit une bonne idée d'aller chez moi, finit-elle par admettre.

Elle poursuivit son chemin vers la maison de ses parents.

Au moment où elle se garait derrière la voiture de Tom, Ben rompit le silence.

— Est-ce parce que vous craignez que j'essaie de vous faire l'amour alors que vous ne vous sentez pas encore prête ?

Elle faillit s'étrangler.

— N... non !

Elle craignait plutôt le contraire ! Qu'il n'essaie pas, alors qu'elle en mourait d'envie.

— Prêtez-moi la délicatesse d'être conscient que ce n'est ni le lieu ni le moment, reprit-il. Vous venez à peine d'enterrer votre ex-mari. J'aimerais seulement voir l'endroit où vous avez vécu heureuse, pour mieux vous connaître. Si j'étais seulement intéressé par le sexe, je n'aurais même jamais prononcé le mot « mariage ».

« Ainsi, il n'avait pas changé d'avis ! » songea Terri avec bonheur. Il voulait toujours l'épouser.

— Je pensais avoir été suffisamment clair sur mes intentions : nous prendrons les choses comme elles viennent et verrons bien comment évolue notre relation, ajouta-t-il. Pour ma part, je souhaite réellement pouvoir savourer un jour toutes les joies que peut apporter le mariage. Y compris celle d'avoir des enfants avec vous.

— Sur ce point, vous pariez peut-être sur le mauvais cheval, murmura-t-elle tristement.

— Comme je n'ai encore jamais essayé d'avoir un enfant, je ne puis pas plus que vous présager de l'avenir. Mais quoi qu'il arrive, je serai toujours là auprès de vous, Terri.

Venant de lui, elle savait que cette promesse n'était pas une parole en l'air.

— Vous ai-je suffisamment rassurée pour que nous puissions annoncer l'heureuse nouvelle à votre famille ? J'aimerais que vous rentriez en Equateur avec moi aujourd'hui. Si vous dites oui, nous nous marierons avant que l'*Atlantis* ne largue les amarres. Car, une fois en mer, nous aurons à nous occuper d'une foule d'autres choses ; bien plus encore que ne peut le concevoir votre imagination pourtant fertile.

Le cœur de Terri battait à tout rompre. Après un premier mariage qui s'était soldé par un échec, ce serait pure folie de sa part de dire oui en sachant pertinemment que Ben n'était pas amoureux d'elle. Que ce ne serait qu'un mariage de convenance... Mais la pensée de le perdre, de ne plus jamais le revoir...

— Est-ce que les capitaines ont encore le droit de marier des gens en haute mer ?

Une lueur amusée apparut dans les yeux gris de Ben.

— Seulement s'ils sont aussi pasteurs. Heureusement, le capitaine Rogers a été aumônier dans la marine et conserve ses pouvoirs ecclésiastiques. La chapelle du pont numéro un est assez grande pour accueillir nos deux familles.

Terri se demandait si elle ne rêvait pas.

— Mes parents et ma sœur ne pourront pas venir, Ben. Ils n'ont pas de passeports.

— J'ai un ami au gouvernement qui leur délivrera des visas temporaires. Quel autre problème voyez-vous ?

— Celui de mon patron.

— Je suis désolé pour ce pauvre diable. Il est certain qu'il n'arrivera jamais à vous remplacer.

— Ce n'est pas un pauvre diable, répondit Terri, amusée.

— Il va l'être quand il saura que vous le quittez.

Terri prit une profonde inspiration.

— Votre propre famille ne va-t-elle pas être choquée de cette décision un peu précipitée ?

— Je puis vous assurer que non.

— Quand comptez-vous lui annoncer vos intentions ?

Ils échangèrent un long regard.

— Vous croyez que Martha les a déjà mis au courant ? demanda-t-elle.

— J'en suis certain. Et à l'heure qu'il est, Parker doit être bien triste.

Les joues de Terri s'empourprèrent.

— Allons donc ! C'est ridicule.

— Bon, quoi d'autre ?

— J'ai un appartement à libérer.

— Ça, c'est facile. Il suffit d'un coup de téléphone pour charger des déménageurs de tout emballer. J'enverrai ensuite un avion de la société chercher vos affaires.

Cet homme-là avançait à la vitesse de la lumière. Du coup, il l'obligeait à réfléchir à trente-six choses à la fois.

— Beth et Tom ont besoin d'une deuxième voiture. Je pourrai leur donner la mienne.

— Vous aurez besoin d'un extrait de naissance pour faire refaire votre passeport.

— Je crois que maman a encore l'original quelque part.

— Parfait. Tenez, elle nous fait justement signe du perron. Alors, avant que nous n'entrions, donnez-moi votre main gauche si vous voulez bien que j'y glisse cet anneau.

Lorsqu'il prononça ces mots, la voix de Ben était un peu rauque.

En quelques secondes, il lui avait passé à l'annulaire une bague en or surmontée d'un magnifique solitaire.

Terri tremblait si fort que le diamant scintillait de tous ses feux. Des feux aussi ardents que le brasier de son cœur.

— Terri ? Ben ?

Le capitaine Archibald Rogers se tenait debout face à eux, superbe dans son uniforme blanc immaculé.

— Après-demain, l'*Atlantis* va entreprendre son tout premier voyage. Cet événement sera applaudi par le monde entier pour l'exploit technique et humain qu'il représente. Mais un autre événement, plus important encore, est sur le point de se produire. Familles, amis et relations d'affaires sont venus des quatre coins du monde pour assister à cette cérémonie. Dans quelques instants, vous serez unis par les liens sacrés du mariage, qui vous permettront de fonder une famille, la source vitale de notre civilisation. Quand un homme et une femme vivent dans le respect de cette institution, il n'existe pas sur terre de lien plus sacré, de plus sûr refuge, de plus grande joie. Pour que ce lien précieux subsiste toujours, il suffit à chacun de vous de vous poser cette question tous les jours de votre vie : « Que puis-je faire pour son bonheur aujourd'hui ? » Et de le faire. Quand un mari et une femme se soucient davantage l'un de l'autre que d'eux-mêmes, aucune puissance au monde ne peut détruire cet amour béni.

Après quelques instants de silence, il reprit :

— Ben, prenez la main de Terri et répétez après moi.

Terri sentit la main virile de son futur époux se refermer sur la sienne. Intimidée, elle garda les yeux fixés sur ses lèvres.

— Moi, Benjamin Herrick ici présent, m'engage à prendre pour épouse Terri Jeppson…

Pendant qu'il répétait les paroles sacrées phrase après phrase, elle se jura intérieurement d'être pour lui une épouse si merveilleuse qu'il ne pourrait pas faire autrement que de tomber amoureux d'elle. Et en attendant que le miracle se produise, elle avait dans son cœur assez d'amour pour deux.

— Terri ?… Répétez après moi.

— Moi, Terri Jeppson, m'engage à prendre pour époux Benjamin Herrick…

Elle était consciente du tremblement de sa voix. Etonnamment, Ben avait prononcé ses vœux de mariage d'une voix grave et forte.

Il n'avait à présent plus rien en commun avec le mystérieux blessé de l'hôpital. Il se tenait très droit, superbe dans son costume classique bleu nuit. Il arborait un gardénia blanc à la boutonnière et avait refusé, pour l'occasion, de garder le bras en écharpe.

— Vous allez maintenant échanger vos anneaux. A vous de commencer, Terri.

Elle prit délicatement l'anneau en or des Black Hills qu'elle avait fait fabriquer à Lead et le glissa solennellement à l'annulaire gauche de Ben.

Son cœur battit à tout rompre quand, à son tour, il sortit de sa poche une splendide alliance en or et la lui passa au doigt.

— Seul un amour pur et véritable peut donner un sens à ces symboles, dit le capitaine. En vertu des pouvoirs qui me sont conférés par l'Eglise, je vous déclare à présent unis par les liens du mariage. Ben, vous n'êtes pas réputé pour votre patience quand vous désirez quelque chose, et je vous félicite de vous être retenu jusque-là. A présent, vous pouvez embrasser votre épouse. Aussi longtemps que vous le voudrez.

Un rire parcourut l'assemblée.

— Fais pour le mieux, chuchota Ben à l'oreille de Terri.

Elle surprit une expression diabolique dans ses yeux gris argent quand il se pencha sur ses lèvres.

La plupart des couples échangent leur premier baiser dans l'intimité. Pour elle, ce fut sous le regard captivé d'une large assistance. Mais il est vrai que, depuis le début, rien avec Ben n'était conforme à ce qui se fait d'ordinaire.

Il suivait le conseil du capitaine et ne semblait pas pressé d'arrêter. Aussi décida-t-elle de ne pas décevoir les spectateurs. Enfin, tel fut le prétexte qu'elle se donna pour rendre à Ben son baiser.

Quelque chose se produisit alors. Il détacha ses lèvres de sa bouche avec une infinie douceur. Etait-ce un effet de l'éclairage ? Il lui paraissait soudain tout pâle sous son bronzage.

— Tu as mal ? Tu aurais dû garder ton bras en écharpe.

— Ça va aller.

Elle n'en était pas certaine. Plus elle y pensait, plus elle craignait que ce brusque changement d'attitude n'ait une tout autre cause. L'avait-elle choqué en lui rendant son baiser avec passion ?

Croyait-il qu'elle cherchait ainsi à éveiller en lui des sentiments qu'il n'éprouvait pas encore ? Ou n'éprouverait peut-être jamais ? N'avait-il pas dit que l'amour viendrait *peut-être* un jour ?

Ignorant le tumulte intérieur qui agitait Terri, le capitaine présenta à l'assistance les nouveaux mariés, M. et Mme Benjamin Herrick, et conclut la cérémonie en conviant familles et amis à passer dans la salle voisine pour les féliciter.

Ben prit Terri par la taille et l'entraîna aussitôt vers la sortie. Les travées étaient remplies de gens qui leur souriaient, mais Terri distinguait à peine leurs visages tant sa vue était brouillée.

Tous ses espoirs s'écroulaient, le jour même de son mariage. Ils n'avaient même pas encore quitté la chapelle !

7.

Le père de Ben fut le premier à la serrer dans ses bras.

— Je ne sais comment vous exprimer notre joie. Mon épouse vous appelle « l'ange descendu du ciel ». Depuis le temps qu'il vit seul, ce garçon avait bien besoin d'une femme pour le dorloter. Et en plus, vous êtes ravissante. Si Ben n'avait pas jeté son dévolu sur vous, c'est Parker qui l'aurait fait. Bienvenue dans la famille Herrick.

Terri était émue aux larmes.

— Vous êtes tous si gentils avec moi.

— Ma chérie ?

— Maman !

Elle quitta les bras du père de Ben pour se jeter dans ceux de sa mère.

— C'est vrai que tu es éblouissante.

— Tu me flattes toujours.

— Ton mari est de mon avis, en tout cas. Il ne t'a

pas lâchée des yeux depuis que tu es entrée dans la chapelle au bras de Tom.

« Si tu savais, ma pauvre maman », pensa Terri.

Sa sœur Beth attendait son tour avec impatience.

— Richard ne lui arrivait pas à la cheville ! dit-elle en la serrant très fort. Je remercie le ciel d'avoir mis Ben sur ton chemin. Si tu veux mon avis, c'est un fabuleux coup du destin.

Terri l'avait pensé, elle aussi, jusqu'au baiser…

Elle rencontra ensuite Creighton, qui était aussi charmant que ses frères.

Le dernier de la famille Herrick à se présenter fut Parker. Il la regarda longuement dans les yeux.

— Je n'avais aucune chance, n'est-ce pas ?

Terri ressentit une bouffée de tendresse pour lui.

— Parker, après mon divorce, moi non plus je ne croyais pas avoir droit à une seconde chance. Ce qui s'est produit entre votre frère et moi… je n'arrive même pas à l'expliquer.

— Cela s'appelle l'amour, tout simplement. Donnez-moi un peu de temps pour oublier ma peine et je me réjouirai bientôt de votre bonheur.

— Vous aussi, vous rencontrerez le grand amour, Parker. J'en suis sûre.

Il esquissa un de ses charmants sourires.

— Ai-je droit à un petit baiser en attendant ?

Terri pensait qu'il se contenterait de sa joue, mais il l'embrassa à pleine bouche.

— Ça, c'est une mise en garde pour Ben, dit-il d'un ton taquin en s'écartant d'elle. Il a intérêt à être gentil avec vous, sinon il le regrettera amèrement.

Terri surprit le regard de Ben. La plaisanterie de Parker n'était pas de son goût, apparemment.

— Madame Herrick ?

Elle se retourna. C'était le capitaine Ortiz.

— Je suis si heureuse que vous ayez pu venir ! s'exclama-t-elle.

— C'est un honneur pour moi d'avoir été invité. Je suis tellement content que cette tragédie se termine par un grand bonheur. Toutes mes félicitations.

— Merci, capitaine. J'ai une pensée émue pour les familles des deux jeunes gens qui ont trouvé la mort en même temps que Richard. Ben et moi leur avons fait envoyer des fleurs.

— Vous êtes vraiment une femme généreuse. Peut-être même un peu trop.

— Que voulez-vous dire ?

— Juanita Rosario a cherché à vous joindre au moins quatre fois. Vous savez ce que j'en pense. C'est une bonne chose que vous preniez bientôt le large. Profitez pleinement de votre lune de miel.

Il n'y en aurait pas, mais le capitaine Ortiz n'était pas censé le savoir.

— Merci, capitaine. Restez donc dîner avec nous.

— Bien volontiers.

Ce fut ensuite Carlos qui se présenta pour la féliciter. Ses yeux noirs étaient rieurs.

— Je n'aurais jamais cru qu'une femme puisse un jour faire mettre Ben à genoux. Vous avez réussi l'impossible. Ne changez surtout pas. Toutes mes félicitations.

Venant de l'homme en qui Ben avait toute confiance, ce compliment lui alla droit au cœur.

— Merci, Carlos. Je n'ai pas besoin de vous dire combien votre amitié est importante pour mon mari.

Derrière Carlos se pressaient de nombreux hommes en costume sombre ; des relations d'affaires de Ben qui allaient bientôt s'installer avec leurs épouses sur l'*Atlantis*. Certains venaient de Hong Kong et même d'Australie.

— Madame Herrick, permettez-moi de vous présenter mes compliments. Je m'appelle Rolf Meuller, et je suis un des associés de votre mari. Je représente le consortium des banques suisses dont le siège est à Zurich.

Il avait en effet un fort accent allemand.

— Vous êtes justement l'homme que je souhaitais rencontrer, monsieur Meuller. De vous à moi, quel est le montant du découvert de Ben ? Une épouse se doit de le savoir.

L'homme partit d'un grand éclat de rire.

Ben l'observait de loin. Terri en avait déjà conquis quatre : Parker, le capitaine Ortiz, Carlos et Rolf. Dix minutes plus tard, tout son conseil d'administration avait succombé au charme fatal de la mariée.

Tout aurait été pour le mieux sans ce baiser ravageur qui l'avait laissé tremblant de désir. Il avait failli en avoir une crise cardiaque !

Lui qui s'était engagé à ne pas brusquer les choses, comment allait-il faire pour oublier la sensation extraordinaire de ses lèvres pulpeuses s'entrouvrant sous les siennes ?

Terri s'était-elle seulement prise au jeu ou avait-elle eu un élan passionné ? Il aurait donné cher pour le savoir.

Peut-être ce baiser avait-il seulement réveillé en elle le souvenir de ses relations intimes avec son ex-mari ? En tout cas, à présent, il mourait d'envie de lui faire l'amour. Mais il allait devoir se retenir de la toucher jusqu'à ce qu'elle ait tiré définitivement un trait sur le passé. Et jusqu'à ce qu'elle se sente complètement à l'aise avec lui.

Il n'y aurait donc pas de nuit de noces. Pas avant une semaine ou deux. Il n'était pas certain de pouvoir tenir plus longtemps que cela.

S'il en avait l'appétit coupé, sa jeune épouse semblait en revanche affamée. Elle était radieuse et, tout au long du repas, à chacun des toasts qu'on leur portait, elle amusait les convives par une réponse pleine d'humour.

Les invités leur réclamaient un discours. Ben se leva, bien décidé à se débarrasser du sien au plus vite.

— Terri et moi vous remercions d'être venus partager ce grand moment avec nous. Pour une femme qui se dit terrifiée par les momies, je m'étonne encore qu'elle ait accepté de m'épouser.

Cette plaisanterie déclencha une explosion de rire à travers la foule des convives.

— Elle a été à mes côtés tout le temps de mon pénible séjour à l'hôpital. Au fil de ces nuits où elle inventait des moyens tout à fait étonnants pour soulager ma douleur, je me suis rendu compte que je ne pouvais plus me passer d'elle. Comme la plupart d'entre vous le savent, je n'ai jamais eu d'épouse ni de secrétaire particulière. Un miracle s'est produit : j'ai à présent les deux, ici à ma droite. Terri, peux-tu te lever et prendre la parole ? Moi, ils m'ont assez entendu.

Tout le monde applaudit.

Terri était triste à mourir. Dans son bref discours, Ben n'avait pas du tout parlé d'amour.

Quelle idiote ! Comment avait-elle pu l'espérer ? Elle ferait mieux de se contenter de ce qu'il pouvait lui donner. Il avait besoin d'une secrétaire ? Eh bien ! elle endosserait ce rôle avec efficacité.

— J'ai bien peur que mon cher mari ne sache pas qu'une épouse est *toujours* la secrétaire particulière de son mari, commença-t-elle.

Les femmes de l'assistance éclatèrent de rire. Puis toute la salle applaudit. Elle dut attendre que le silence revienne.

— Ma première action sera donc de remplacer ce terme par un autre. Désormais, veuillez m'appeler « madame la directrice de la chambre de commerce de l'*Atlantis* ». Enfin, si mon cher mari en est d'accord.

Elle se tourna vers lui en souriant et croisa son regard énigmatique.

— Ai-je vraiment le choix ? répondit-il.

Le ton ironique de Ben déclencha de nouveau les rires.

— Vous voyez comme il est charmant ? Pour

ceux d'entre vous qui l'ignoraient, jusqu'à la semaine dernière, j'étais l'assistante du directeur de la chambre de commerce du Dakota du Sud. C'est le genre de travail que je sais le mieux faire. Et ma nouvelle casquette me permettra d'avoir les coudées plus franches qu'en étant simple secrétaire. En étudiant la liste des commerces et services proposés à bord, j'ai tout de suite remarqué qu'il manquait un organisme de ce genre. L'*Atlantis* est une ville en soi, et toute ville a besoin d'une chambre de commerce. Mon cher époux n'y a sans doute pas pensé parce qu'il avait trop de problèmes à régler en même temps.

Certains des administrateurs rirent et l'applaudirent.

— Heureusement, je vais pouvoir le décharger de cette partie-là. Il y a une ou deux autres choses dont je souhaiterais vous entretenir, mais pas aujourd'hui. Car aujourd'hui est un grand jour : je suis devenue l'épouse de l'homme le plus merveilleux que j'aie jamais rencontré, et je tenais à vous remercier d'être venus fêter cet événement avec nous.

Dès qu'elle se fut rassise, le capitaine Rogers annonça :

— A présent, le bal est ouvert. Mais portons d'abord un dernier toast à nos jeunes mariés.

Il leva sa coupe et ajouta avec un grand sourire :

— Santé, prospérité… et que la vie à deux ne vous réserve que du bonheur.

Terri garda le sourire, mais une grande tristesse l'envahit. Même s'ils devenaient un jour un couple normal et que Ben souhaitait lui faire un enfant, elle craignait de ne pas pouvoir mener une grossesse à terme.

— Chaque chose en son temps, murmura-t-il en la prenant par la taille.

Il avait décidément le don de lire dans ses pensées.

— Ce sera la première fois que j'aurai le plaisir de danser avec toi. Viens, ils nous attendent pour ouvrir le bal.

Arrivé sur la piste de danse, il la prit dans ses bras, mettant aussitôt tous ses sens en éveil.

Il y avait parmi les couples d'excellents danseurs de salsa. Heureusement, Ben ne tenta rien d'extravagant. Il la faisait simplement tourner en rythme, mais les frôlements de leurs corps et la musique sensuelle causaient à Terri un trouble indescriptible.

Pendant un quart d'heure, elle dut lutter pour maintenir entre eux une distance minimale. Heureusement, elle tenait encore son bouquet de mariée, bien que Ben lui eût suggéré de le poser. Elle finit par lever les yeux vers lui.

154

— Mes pauvres fleurs ne vont pas tenir longtemps. J'aimerais pourtant en profiter.

Sous son regard appuyé, elle retint son souffle.

— Eh bien, allons les mettre dans l'eau. Nos invités sont curieux de savoir à quelle heure nous les quitterons pour notre nuit de noces. Alors autant leur tirer notre révérence tout de suite. Cela les fera jaser.

Elle acquiesça, sachant bien que ce ne serait pas une vraie nuit de noces.

— Et voilà, c'était aussi simple que ça ! commenta Ben dès que la porte de l'ascenseur privé se fut refermée sur eux. Maintenant que nous sommes seuls, dis-moi de quoi vous parliez avec le capitaine Ortiz. A-t-on retrouvé les corps ?

« Quelle discussion romantique pour un couple qui venait à peine de se marier ! » songea Terri.

— Non. Il me disait seulement qu'il était content que cette tragédie se soit conclue par quelque chose de positif. Et il nous a souhaité beaucoup de bonheur.

Craignant que Ben ne lui reproche, comme le capitaine Ortiz, d'avoir donné de l'argent à Juanita, elle préféra ne rien ajouter à son sujet.

— C'est très gentil de sa part.

Quand ils arrivèrent à l'appartement — *leur* appartement, désormais —, ils durent se frayer un chemin

155

à travers la multitude de cadeaux qui s'empilaient dans l'entrée.

Terri se mit à tournoyer au milieu du salon.

— Ce fut vraiment un beau mariage, Ben. Comme toute femme peut en rêver. Merci pour cette merveilleuse journée. Ta famille est adorable.

— La tienne aussi.

Il essayait de défaire son nœud papillon. Quand elle s'approcha pour l'aider à l'enlever, il plongea son regard dans le sien.

— Parker a eu un lot de consolation, d'après ce que j'ai vu.

Elle sentit son pouls s'accélérer.

— Il espérait bien que tu remarquerais son baiser. C'était pour te taquiner. J'adore ton frère, et tout ce que je lui souhaite, c'est de trouver rapidement l'âme sœur.

— Moi aussi… Au fait, Creighton m'a annoncé une bonne nouvelle : il a renvoyé Martha et l'a menacée, si elle ennuyait encore Parker, de la traîner en justice pour avoir emprunté un avion de la société sans sa permission.

— Ah ! voilà comment elle a pu venir ici aussi vite ! Je suis bien contente que Parker en soit débarrassé. Et toi aussi, par la même occasion.

— C'est le plus beau des cadeaux de mariage. Bon, à présent, qu'aimerais-tu faire ?

— Ouvrir les paquets dans ta chambre.

— Pourquoi là-bas ?

— Parce que tu as l'air fatigué. Et je sais que tu as mal. Nous allons nous changer, tu vas remettre ton bras en écharpe et t'allonger, et je vais t'apporter des antalgiques.

— Ça me va. En revanche, pour les cadeaux, ça ne pourrait pas attendre ?

— Si, bien sûr. De toute façon, j'ai une surprise pour toi.

Une lueur d'intérêt s'alluma dans les yeux gris.

— Alors fais vite.

Elle avait dit ce qu'il fallait, songea Terri. Depuis le début, il appréciait sa compagnie, c'était évident. Tant que ce serait le cas, elle pourrait espérer qu'un jour il aurait envie de plus que cela.

Ses parents lui avaient offert une ravissante nuisette et un déshabillé assorti, mais elle n'osait pas les mettre devant Ben. Elle enfila donc la chemise de nuit et le peignoir qu'elle avait apportés et fourra dans sa poche une cassette vidéo.

Après avoir mis les fleurs dans un vase, elle retourna dans la chambre de Ben avec deux comprimés d'aspirine et un verre d'eau.

Il était déjà au lit, vêtu d'un pyjama neuf dont la couleur café lui allait à merveille. Elle lui fit prendre ses médicaments, puis reposa le verre sur la table de nuit.

— Quand vais-je avoir ma surprise ? demanda-t-il pendant qu'elle ajustait l'écharpe qui soutenait son bras.

— Le capitaine Rogers avait raison de dire que la patience n'est pas ton fort, répondit-elle avec un sourire.

Elle plaça la cassette dans le magnétoscope et le mit en marche.

— C'est notre cadeau de mariage de la part de Beth.

Dès que le titre *L'Homme invisible* apparut sur l'écran, Ben éclata de rire.

— Eh oui ! Elle a réussi à le trouver.

— Viens le regarder avec moi, lui dit-il en tapotant la place libre à côté de lui, comme si c'était la chose la plus naturelle du monde.

Cette fois, elle serait ridicule de s'asseoir dans un fauteuil, pensa Terri. Après tout, elle était sa femme à présent.

De l'air le plus décontracté possible, elle s'allongea à plat ventre, la tête tournée vers le pied du lit, les mains sous le menton. C'était bon de pouvoir se détendre enfin. Elle poussa un soupir de satisfaction.

Un moment plus tard, elle sentit ses paupières s'alourdir.

— Ton idée de créer une chambre de commerce est excellente, déclara soudain Ben. Mais je suis curieux de savoir quels sont les autres défauts d'organisation que tu as remarqués.

En entendant la voix de son mari, Terri reprit instantanément ses esprits et s'assit en lui faisant face.

— Tu ne veux pas regarder le film ?

— Je l'ai regardé et je l'ai adoré.

— Tu veux dire qu'il est fini ?

— Oui. Tu as dormi du début à la fin.

Elle consulta vivement sa montre.

— Mon Dieu ! J'ai dormi pendant deux heures ! Est-ce que j'ai ronflé ?

Ben éclata de rire.

— Je ne te le dirai pas !

— J'ai ronflé alors !

— Si c'est ton seul défaut caché, tu n'as pas de souci à te faire.

Oh ! mais si ! Et si elle s'était trahie dans son sommeil ? Si elle l'avait appelé ?

— Bon, par quoi veux-tu que je commence ? demanda-t-elle en simulant un air fâché.

— Par la question qui te paraît la plus importante.

— Mais elles le sont toutes ! Tu es sûr que tu veux discuter de cela maintenant ?

Il la regarda bien en face.

— N'est-ce pas le meilleur moment ?

— Très bien. Dans ta brochure, il n'est pas mentionné de clinique vétérinaire.

— Parce que le conseil d'administration a voté l'interdiction d'avoir des animaux domestiques à bord.

— Mais la plupart des familles en ont un ! Pourquoi une telle décision ?

— Parce que la réglementation internationale concernant la mise en quarantaine est très compliquée.

— Y a-t-il des femmes parmi les administrateurs ? Je n'en ai pas rencontré aujourd'hui, en tout cas.

Il y eut un long silence, puis Ben reconnut qu'il n'y en avait pas.

— Tout s'explique. Les hommes n'ont pas eu envie de s'embêter avec ces questions. C'est bien pour cette raison qu'il faut une chambre de commerce : pour s'assurer que tous les services nécessaires sont offerts à bord. Je préparerai une proposition à soumettre au conseil lors de sa prochaine réunion. Vous n'avez sans doute pas jugé utile non plus d'avoir une garderie d'enfants.

— Nous n'en avons même pas parlé.

— Cela veut-il dire que vous refusez à bord les enfants en dessous d'un certain âge ?

— Oui. Celui d'entrer au collège.

— Vraiment ? Et que se passera-t-il si une femme découvre qu'elle est enceinte ?

— Le couple devra revendre son appartement.

— Alors supposons que nous ayons un jour un enfant, toi et moi ; cela veut-il dire que je devrais rester à terre ?

— Mais non, bien sûr !

— Il y a donc un règlement de vie à bord qui ne s'applique pas aux actionnaires ?

— Les actionnaires ont investi des millions de dollars dans ce projet. Ils ont donc droit à un régime de faveur.

— Dans ce cas, ton grand projet est voué à l'échec.

— Peux-tu m'expliquer pourquoi ?

Malgré son ton courtois, Ben était agacé.

— L'*Atlantis* est peut-être une ville flottante, mais il y faut des bébés et des personnes âgées comme dans toute ville normale, commença Terri. J'ai vu qu'il est prévu une maison de retraite. Mais que se passera-t-il si certaines de ces personnes ont la maladie d'Alzheimer et ont besoin de soins à longueur de journée ? A moins qu'à soixante-cinq ans on ne soit censé revendre son appartement ?

Le visage de Ben se ferma. Elle l'avait énervé.

— Je suis désolée, Ben. Mais c'est toi qui m'as demandé ce qui n'allait pas. Je ne fais que te donner un point de vue de femme. Tous les appartements sont-il déjà réservés ?

— Non.

— Est-ce qu'ils se vendent bien ?

— Pas trop mal.

— Ils se vendraient encore mieux s'il n'y avait pas ces restrictions trop sévères. Personnellement, même si j'avais les moyens de m'acheter un appartement sur l'*Atlantis*, je ne le ferais pas si je n'ai le droit d'avoir ni enfant ni animal domestique. C'est très bien le temps d'une croisière, pas pour y vivre à l'année.

Ben ferma à demi les yeux.

— Dois-je comprendre que tu comptes faire de longs séjours à terre ?

Terri se releva.

—Mais non, voyons ! Je suis ta femme et j'ai promis d'être ton assistante. Je resterai donc à tes côtés quoi qu'il arrive.

Une ombre passa sur le visage de Ben.

162

— Si je laisse ma chemise dans cette aventure, par exemple ?

— Mais non ! Tu déformes le sens de mes paroles !

Terri s'en voulait de l'avoir heurté par sa franchise. Et elle était malheureuse d'avoir gâché ce qui aurait pu être pour elle le plus beau jour de sa vie.

— Il y a quelques heures à peine, je me suis engagée à être ton épouse pour le meilleur et pour le pire, que tu sois en bonne santé ou malade, que tu sois riche ou pauvre. Si tu penses que j'ai pris ces engagements à la légère, tu me connais bien mal.

La tension entre eux était désormais perceptible.

— Une fois en mer, je réunirai les actionnaires, finit par dire Ben. Tes remarques seront la première question à l'ordre du jour. Dis-leur simplement ce que tu viens de me dire.

— Je… je ne voudrais pas m'en faire des ennemis dès le début.

Un son étrange sortit de la gorge de Ben.

— Ils te mangeaient tous dans la main il y a deux heures. L'expérience devrait être intéressante.

— Ben…, dit Terri d'une voix tremblante. Pardonne-moi si je t'ai fait de la peine. Tu dois me croire : je ne cherchais pas du tout à critiquer ton œuvre. Je voulais seulement te faire quelques suggestions. Ce que tu as réalisé là est absolument fabuleux. J'en suis même tout intimidée.

Ben se passa une main dans les cheveux.

— Si c'est cela « être intimidé », l'expression prend vraiment un sens nouveau avec toi.

— Dis-moi que je n'ai pas tout brisé entre nous, implora Terri, les larmes aux yeux.

— Terri, je savais ce que je faisais en te demandant de m'épouser. Je n'ai pas à t'en vouloir de ta franchise.

— Mon père m'a toujours dit que je m'attirerais des ennuis à vouloir régler les problèmes de tout le monde, dit-elle tristement en essuyant les larmes qui ruisselaient à présent sur ses joues. Pour une fois, je regrette de n'avoir pas écouté ses conseils.

Elle voulut quitter la chambre, mais Ben avait bondi et lui barrait le passage de son corps musclé.

— Madame Herrick ? Nous venons d'essuyer notre première tempête. Eh bien, c'est la chose la plus excitante qui me soit arrivée depuis des années.

Avant que Terri n'ait pu dire un mot, il leva son visage mouillé de larmes vers le sien.

— Surtout ne change jamais, sinon tu ne serais plus toi.

Puis il déposa un tendre baiser sur ses lèvres, pour lui faire comprendre qu'elle n'avait pas à s'inquiéter.

Quand il redressa la tête, elle ne put retenir un petit grognement de protestation.

Il l'avait entendu. Tant pis, l'heure était à la franchise. Elle leva vers lui ses yeux encore humides en murmurant :

— Pour aussi longtemps que tu me voudras pour femme, je jure que je ferai tout ce que je peux pour te rendre heureux.

— C'est fait, répondit Ben en entourant ses épaules de son bras valide. Viens, allons voir nos cadeaux de mariage. Tu en meurs d'envie. Le temps que nous les ouvrions tous, ce sera l'heure du dîner. J'ai demandé à mon chef préféré de nous concocter une surprise.

— Quand l'as-tu appelé ?

— Mystère.

Rassurée, Terri mit un bras autour de sa taille et ils se dirigèrent ensemble vers l'entrée.

Tout compte fait, elle ne regrettait pas l'affrontement qui venait de se produire. Après avoir donné libre cours à son émotion, elle se sentait plus détendue et plus à l'aise avec Ben. Quant à lui, il semblait avoir retrouvé sa bonne humeur.

Il n'éprouvait peut-être pas de désir torride pour elle, mais elle se réjouissait tout de même de leur étonnante camaraderie. C'était quelque chose qui lui avait manqué avec Richard.

Une fois qu'ils eurent rapporté tous les paquets dans le salon, ils mirent au point une technique : elle enlevait les rubans, soulevait à demi les couvercles et tendait les boîtes à Ben pour qu'il finisse de les ouvrir de sa main libre.

En quelques minutes, le salon ressemblait à un champ de bataille. Quand elle le vit enfoncé jusqu'aux genoux dans une masse de papiers multicolores, elle courut chercher son appareil photo.

Ils avaient gardé les cadeaux de leurs familles respectives pour la fin.

— Tiens, voici celui de Parker, dit-elle en le lui tendant. A la forme, on dirait un tableau.

— C'est sûrement un poster de lui pour que tu ne l'oublies pas ! Je ferais mieux de lire d'abord la carte.

« Cette petite pouliche est ma préférée. Elle me fait penser à vous. »

— Ce que mon jeune frère aime le plus au monde, ce sont ses chevaux, expliqua Ben. C'est donc le compliment suprême.

Il redressa le tableau pour qu'elle puisse le voir.

— Oh Ben ! Comme elle est belle ! Je l'adore !

— Elle est magnifique, en effet. Mais dis-moi, pour en revenir à Parker, comment se fait-il qu'il ait donné de l'argent à Juanita Rosario ?

8.

Terri s'apprêtait à répondre quand un steward leur monta leur dîner de noces. Il y avait tout un assortiment de tapas, de la salade d'épinards, des gambas farcies, des tartelettes aux fraises et à la chantilly, des poires au champagne... une farandole de mets raffinés.

Comme des enfants, ils mangèrent au milieu du désordre, puis ouvrirent lentement les cadeaux restants. Terri aurait voulu que cette soirée se prolonge indéfiniment.

Ben finit sa coupe de champagne avant d'aller s'asseoir sur le canapé.

— Il faudra que je dise à André qu'il s'est surpassé.

— J'aimerais bien pouvoir le remercier personnellement pour ce somptueux festin, approuva Terri. En fait, j'aimerais faire la connaissance de tous ceux qui travaillent sur l'*Atlantis*. J'espère être un jour capable d'appeler chacun par son prénom.

Ben étudia longuement son visage.

— C'est un projet ambitieux. Même pour toi.

— Oui, mais pas impossible.

— Pour toi rien n'est impossible, n'est-ce pas ? remarqua-t-il avec bonne humeur.

Elle sourit.

— J'allais dire la même chose à ton sujet. Sinon, il n'existerait pas de ville flottante comme l'*Atlantis* et je ne serais pas mariée à son concepteur. Sais-tu qu'une bohémienne m'a prédit un jour que je rencontrerais un grand et bel homme brun qui m'emmènerait aux quatre coins du monde ? J'ai découvert par la suite qu'elle avait dit la même chose à toutes mes amies.

Ben rit de bon cœur.

— Elle me faisait de la peine à essayer de gagner quelques sous dans la rue en disant la bonne aventure. Si j'avais son adresse, je lui enverrais une carte postale du bateau pour lui dire que sa prédiction s'est réalisée. Bien sûr, je ne lui avouerais pas que le beau brun ressemblait plutôt à une momie quand je l'ai rencontré.

— Je t'ai vraiment fait peur ?

— Non. J'ai surtout pensé que tu devais souffrir de claustrophobie sous tes bandages. Est-ce que, moralement, tu vas mieux à présent ? Si j'avais vécu un tel drame, j'aurais sûrement eu besoin d'une aide psychologique.

— Je l'ai eue.

— Ah bon ? D'un psychologue de l'hôpital ?

— Non. De toi, Terri.

Terri en était tout émue.

— Je suis heureuse d'avoir pu t'aider.

— Ce sont tes paroles et tes soins qui m'ont ramené à la vie. Mais dès que tu partais, ça n'allait plus ; c'est pour cela que je t'ai envoyé chercher.

— Et c'est ainsi que tu t'es retrouvé la corde au cou ! répondit-elle en riant pour cacher son émotion. Le presse-papiers en forme de chaîne et de boulet que t'a offert Creighton est là pour te le rappeler.

— C'est une plaisanterie entre lui et moi.

— Pour te dire que, même toi, tu n'as pas échappé au mariage ?

— Quelque chose dans ce goût-là.

Ben reprit son sérieux.

— Bon, où en étions-nous ?... Ah oui ! C'est Juanita Rosario qui a demandé de l'argent à mon frère ?

Terri hésitait à répondre.

— Non. Il lui en a donné spontanément.

— Dans ce cas, je le rembourserai.

— Ne crois-tu pas...

Terri se tut. Elle ne voulait pas gâcher cette soirée.

— Que quoi ? insista Ben.

— Que… enfin… je crois que tu le blesserais.

Ben la considéra d'un air pensif.

— Voilà encore une de tes qualités : tu as le don de deviner les sentiments des autres. Très bien, si c'est ce que tu penses, je ne le ferai pas.

— Merci, dit Terri en rassemblant les cadeaux. Puis-je t'aider à quelque chose demain pour la dernière journée à terre ?

— J'ai une visite de contrôle avec le Dr Dominguez à 9 heures. Ensuite, je dois passer au bureau. Veux-tu m'accompagner ?

— Avec grand plaisir. Les infirmières ont été si gentilles avec toi que je voudrais les en remercier. Tu dois être excité à la perspective du lancement imminent du paquebot, non ? Je ne sais pas comment tu vas réussir à dormir !

— Moi non plus, répondit-il avec un petit coup d'œil admiratif sur son visage et son corps. Que dirais-tu d'une partie de poker sur mon lit ?

Le cœur de Terri s'emballa. Lui non plus ne souhaitait pas que la soirée se termine tout de suite.

— Poker ou black-jack ?

— Mais, dis-moi, tu t'y connais !

— Tu sais, il n'y a pas grand-chose à faire du côté de chez moi.

Ils avaient rejoint Guayaquil en hélicoptère et se trouvaient à présent dans les bureaux de la société Herrick. Ben lui avait dit qu'il en aurait pour une petite demi-heure.

— Puis-je me servir du téléphone ? demanda Terri à la réceptionniste.

— Bien sûr, madame Herrick, répondit-elle en lui montrant une pièce vitrée donnant sur le hall d'entrée. Là-bas, vous serez tranquille.

Terri chercha dans l'annuaire le numéro de la résidence Mirador, car Juanita n'avait pas le téléphone. Mais le concierge, peu coopératif, refusa de monter la chercher. Elle décida alors d'appeler le capitaine Ortiz. Par miracle, il était au commissariat.

Il parut surpris de son appel, mais se montra tout prêt à l'aider quand elle lui expliqua sa démarche infructueuse et lui demanda d'appeler lui-même le concierge avec la même requête.

— A un inspecteur de police, il n'osera pas dire non.

— Je veux bien vous rendre ce service, mais ne craignez-vous pas qu'elle vous demande de l'argent ?

— Elle est sans ressources et va bientôt avoir un

171

bébé. Elle a besoin d'aide. Je voudrais lui proposer un emploi à bord de l'*Atlantis*.

Un silence interloqué suivit son explication, puis le capitaine accepta de transmettre à Juanita le numéro de téléphone portable qu'elle lui communiqua.

Ben sortit de son bureau au moment où elle raccrochait.

Le médecin de l'hôpital lui avait retiré tous ses pansements. C'était un miracle : ses cicatrices étaient pratiquement invisibles.

Dès qu'il l'eut repérée, il fonça vers elle.

— La plupart des femmes en auraient profité pour aller faire les magasins. La mienne non, dit-il en posant sur ses lèvres un petit baiser qui la réjouit autant qu'il la surprit.

Après avoir salué la réceptionniste, il entraîna Terri vers l'ascenseur. L'hélicoptère les attendait sur le toit de l'immeuble.

Durant le vol de retour, elle l'observa pendant qu'il répondait avec un calme incroyable aux appels de ses responsables angoissés. A ce stade d'un aussi gigantesque projet, l'aboutissement d'années de travail de conception et de construction, n'importe qui d'autre aurait été sur les nerfs ; lui pas. Elle admirait sa parfaite maîtrise de soi et le soupçonnait d'adorer les moments comme celui-là.

Comme elle l'aimait ! Depuis qu'elle le connaissait, chaque jour de sa vie était un enchantement.

Elle savourait encore la sensation de son baiser sur ses lèvres. Avait-il obéi à une envie spontanée ? Elle n'osait y croire. Sans doute voulait-il offrir à la réceptionniste, comme à tous, l'image d'un jeune marié amoureux de sa femme.

Qui aurait pu les imaginer, le soir de leur nuit de noces, disputant des parties de black-jack acharnées ?

Au moment où, sous l'effet des antalgiques, Ben était littéralement tombé de sommeil, elle s'était traînée jusqu'à la chambre d'amis, le cœur lourd. Elle avait beau ne pas s'attendre à une vraie nuit de noces, elle n'avait pas pu s'empêcher de pleurer jusqu'au petit matin.

Elle était tellement plongée dans ses pensées qu'elle fut surprise de sentir soudain l'hélicoptère piquer du nez. La piste d'atterrissage se rapprochait à une vitesse vertigineuse. Elle se cramponna au bras de Ben.

— C'est un spectacle dont je ne me lasserai jamais, murmura-t-il.

Du haut de l'héliport, situé sur le vingt-troisième pont, elle voyait la côte, le chantier naval grouillant de monde et l'immensité de l'océan.

— C'est si fabuleux que je me demande si je ne

173

rêve pas ! s'exclama-t-elle. Et dire que tu as conçu ce projet incroyable il y a des années !... Mon mari a le génie d'un Léonard de Vinci.

— N'exagérons rien.

Il la regarda longuement et la lueur qui brillait au fond de ses yeux la bouleversa.

Quelques instants plus tard, ils étaient de retour dans leur appartement.

— Terri ? lui dit-il avec une intonation qu'elle avait appris à reconnaître.

Elle évita son regard.

— Je sais. Il faut que tu repartes. Ne t'inquiète pas pour moi ; j'ai à faire aussi.

— Je n'en doute pas.

— Appelle-moi si tu as besoin de moi. J'accourrai.

— Je n'y manquerai pas.

Elle le vit hésiter sur le seuil de la cabine d'ascenseur. S'il était resté une seconde de plus, il aurait lu dans son regard l'amour éperdu qu'elle lui portait.

Elle s'étonnait encore qu'il l'ait choisie, elle, parmi toutes les femmes qu'il aurait pu épouser. Et elle priait le ciel pour qu'il ne le regrette jamais.

Elle décida de s'attaquer aux cartes de remerciements.

Deux heures plus tard, elle avait fini. Elle enfila ses

174

chaussures de sport, prit sa pile d'enveloppes et son plan de l'*Atlantis* et partit à la recherche du bureau de poste. Elle décida qu'elle en profiterait pour essayer d'apprendre à s'orienter sur l'immense paquebot.

Le bureau de Ben, ceux des administrateurs et la salle de réunion se trouvaient au vingt-troisième étage. Tous les étages entre le cinquième et le vingt-deuxième étaient occupés par les appartements. Au-dessous se trouvaient les magasins, les banques et les restaurants. Ben lui avait dit qu'il restait une pièce inoccupée sur le pont A dont elle pourrait faire sa chambre de commerce.

Elle finit par la trouver. Elle était entièrement vide et serait parfaite. Dès l'arrivée de ses affaires à bord, elle y recréerait le décor familier de son bureau de Lead.

Ravie, elle repartit à la découverte du paquebot.

Arrivée au bureau du personnel, elle y trouva le directeur du service, un blond d'une trentaine d'années au sourire avenant. Elle surprit dans ses yeux une lueur admirative.

— Monsieur Reagan, lui dit-elle une fois les présentations faites, je suis venue vous soumettre un cas particulier. Une jeune femme sur le point d'accoucher va peut-être embarquer dans quelques jours. Je ne sais pas encore quelles sont ses qualifications, mais elle a besoin de travailler. Dans un premier temps, parmi les chambres réservées aux employés, en resterait-il une qu'elle pourrait occuper quelques jours pour se reposer après son accouchement ? Je sais que les bébés sont pour l'instant interdits à bord, mais le règlement va sans doute changer. Réfléchissez-y, mais ne me dites pas oui parce que je suis l'épouse de M. Herrick…

Il sourit.

— Cela ne pose pas de problème. Il reste trois ou quatre chambres libres.

— C'est formidable. Merci, monsieur Reagan.

— Appelez-moi John.

— Très bien. Merci, John. J'ai encore une faveur à vous demander : pourriez-vous m'écrire en espagnol les quelques mots dont je vais avoir besoin pour lui transmettre ma proposition ?

Cinq minutes plus tard, Terri se hâtait en direction du supermarché du bord. Elle tenait absolument à offrir à Ben un repas fait maison.

Une heure plus tard, quand il rentra, tout était prêt.

— Terri ?

— Je suis dans la cuisine, lui cria-t-elle en sortant du four un pain de viande et des pommes de terre.

— Hmm ! Ça sent bon. Quelle bonne surprise !

— Installe-toi à table. J'arrive.

Quand ils eurent fini de dîner, il lui prit la main, la remercia pour son excellent repas et s'excusa d'avoir mangé comme un ogre.

Elle lui sourit, ravie.

— Tu as faim parce que tu as eu une rude journée. Et elle n'est pas finie, je sais. En tout cas, la cassette vidéo que je te réserve t'aidera à te détendre et à trouver le sommeil.

Ben eut un sourire amusé, puis il se leva de table en lui promettant de ne pas revenir trop tard.

Après son départ, Terri débarrassa en souriant, consciente de vivre un grand bonheur.

Elle faisait la vaisselle quand le téléphone sonna.

— Madame Herrick, c'est le capitaine Ortiz. Juanita Rosario est à mes côtés.

— Où êtes-vous ?

— Dans ma voiture de service. Comme le concierge de son immeuble me paraissait bizarre au téléphone, je me suis rendu sur place. Il voulait la mettre dehors si elle ne payait pas sur-le-champ l'arriéré de loyer dû par votre ex-mari. Elle venait de lui remettre tout l'argent que vous lui aviez donné, mais cela ne suffisait pas. Elle m'a juré qu'il mentait et je la crois. J'ai donc chargé deux de mes hommes d'aller chercher le concierge pour l'interroger au commissariat. En attendant, elle n'a pas l'air bien du tout.

— Croyez-vous qu'elle soit sur le point d'accoucher ?

— Je ne sais pas. En tout cas, quand je lui ai fait part de votre proposition, elle a accepté de me suivre sans difficulté.

— C'est vraiment gentil d'avoir pris cette affaire à cœur, capitaine. Je trouverai bien un moyen de vous remercier. Je vais demander qu'une équipe médicale aille la chercher et la ramène à bord. Dites-lui que je l'attendrai à l'accueil de l'hôpital.

Pendant une heure, Terri fit les cent pas dans le hall. Elle avait prévenu le service administratif qu'elle réglerait elle-même les frais si Juanita Rosario n'avait pas de couverture sociale. Elle allait y laisser toutes ses économies, mais la vie de deux êtres en danger valait bien cela.

A 10 heures du soir, laissant à Carlos le soin de régler quelques points de détail, Ben prit son ascenseur privé. Depuis qu'il avait quitté Terri, il n'avait qu'une envie : retourner la rejoindre à l'appartement.

N'obtenant pas de réponse à son salut joyeux, il entreprit de la chercher dans toutes les pièces. En vain. Le cœur battant, il se dirigea vers sa propre chambre, espérant l'y trouver endormie sur son lit. Elle n'y était pas non plus.

Il fut surpris d'en ressentir une telle déception. C'était la première fois que quelqu'un lui manquait, lui qui jusqu'ici se satisfaisait parfaitement de sa vie de célibataire. Les femmes qu'il rencontrait — généralement lors de ses voyages d'affaires aux Etats-Unis ou en Europe — n'étaient pour lui que des aventures sans lendemain.

Et puis, alors qu'il était au plus mal, dans son lit d'hôpital, un visage d'ange s'était penché sur lui. Et les yeux emplis de compassion qui avaient plongé dans les siens avaient changé le cours de sa vie.

Où pouvait-elle bien être ?

Il l'appela sur son téléphone portable. Quand elle répondit enfin, il dut se contenir pour ne pas trahir son émotion. Elle avait bien le droit d'aller et venir à sa guise, après tout. Le rôle de gentille petite femme au foyer, elle l'avait déjà tenu avec son ex-mari. Et pour quel résultat ?

Quand il lui annonça qu'il était à l'appartement et lui demanda où elle était, elle se montra évasive.

— Veux-tu que je vienne te rejoindre ? lui demanda-t-il.

— Non… non. Tu as besoin de te reposer. Je rentrerai dès que je le pourrai.

Il ne put se contenir plus longtemps.

— Il y a un problème ? Où es-tu, Terri ?

Celle-ci s'en voulait d'avoir inquiété ainsi son mari. Elle comptait bien lui parler de Juanita, mais pas ce soir.

— Je suis à l'hôpital…

— Mon Dieu !

— Ben, je n'y suis pas pour moi ! s'écria-t-elle, mais il avait déjà raccroché.

S'attendant à le voir arriver d'une minute à l'autre, elle quitta la salle d'attente et se dirigea vers les ascenseurs.

Il en sortit bientôt, le visage ravagé d'inquiétude. Quand il l'aperçut, il se précipita pour la serrer contre lui, sans se soucier de son bras en écharpe.

— Dieu merci, tu n'as rien !

Le soulagement perceptible dans sa voix fut comme une révélation pour elle.

— Tu ne m'as pas laissé le temps de t'expliquer, murmura-t-elle dans son cou en mourant d'envie de l'embrasser.

Quand elle voulut se dégager de son étreinte, elle eut l'impression qu'il la relâchait à contrecœur. Il semblait avoir du mal à reprendre son souffle.

— Que s'est-il passé ?

— C'est une longue histoire, mais il vaut mieux que je te la raconte une fois de retour à l'appartement.

— Qui est mal en point ?

Elle s'humecta les lèvres.

— Juanita Rosario.

Le visage de Ben s'assombrit.

— Que fait-elle sur l'*Atlantis* ?

— Elle est en train d'accoucher. Comme le bébé souffrait, le médecin a décidé de faire une césarienne. Je voulais m'assurer que tout s'était bien passé avant de monter te rejoindre.

Ben semblait réfléchir à toute vitesse pour analyser la situation.

— Parker a eu tort de lui donner de l'argent.

— Non, cela n'a rien à voir…

Une infirmière apparut soudain à la porte des urgences.

— Oh ! monsieur Herrick, quel honneur ! Félicitations pour votre mariage et tous mes vœux de bonheur !

— Merci.

— Madame Herrick ? Le Dr Cardenas aimerait vous voir. Mais ne vous inquiétez pas : la patiente a accouché d'une jolie petite fille de deux kilos cinq cents. Le premier bébé né à bord de l'*Atlantis* ! Toute l'équipe médicale est ravie. Ah ! quelle soirée !

Ben prit Terri par la taille.

— Elle m'a enlevé les mots de la bouche !

9.

— Ben ? Je peux entrer ?

— La porte est ouverte.

Il était déjà sous les draps.

— Je t'apporte un verre d'eau pour tes comprimés.

— Je les ai pris.

Ce soir, il ne tapota pas la place à côté de lui, mais elle s'assit quand même au bord du lit.

— Je vais tout te raconter, lui dit-elle.

Elle se lança dans une explication détaillée de ses visites à Juanita, du rôle d'interprète qu'elle avait fait jouer à Parker puis au capitaine Ortiz et, enfin, de sa requête auprès de John Reagan, le directeur du service du personnel.

— Je te jure que je ne comptais pas te faire dépenser le moindre centime pour Juanita. Avant de quitter Lead, j'ai emporté toutes mes économies pour pouvoir payer sa note d'hôpital et son logement à bord en attendant qu'elle soit remise de son accouchement.

— Ce qui va prendre un certain temps après une césarienne, commenta Ben d'une voix étonnamment calme. Mais elle ne peut pas rester dans une chambre du personnel avec un bébé.

— Je sais.

— Alors qu'as-tu envisagé ?

— J'espère qu'elle pourra rester à l'hôpital le temps de se rétablir. Ensuite, je la raccompagnerai en avion à Guayaquil pour l'aider à trouver un emploi et un logement.

— Et ton plan numéro deux ?

Le visage de Terri s'empourpra.

— Euh… Si j'arrivais à convaincre le conseil d'administration d'accepter les familles avec enfants, on pourrait créer une garderie dans un des appartements encore à vendre.

Le son indistinct qui s'échappa de la gorge de Ben ressemblait fort à ceux qu'elle avait entendus lors de leur rencontre.

— Je sais qu'il faut une personne diplômée et expérimentée pour la diriger. Elle pourrait prendre Juanita comme auxiliaire et la former. Et toutes les deux et le bébé logeraient dans une partie de l'appartement.

Terri se laissait emporter par son enthousiasme.

Ben se redressa et se pencha vers elle.

— Et quand tous ces bébés seront en âge d'aller à l'école ?

— Eh bien, oui, il faudrait aussi une maternelle et une école primaire. Justement, j'ai découvert cet après-midi à l'arrière du pont supérieur un espace qui ferait parfaitement l'affaire.

Ben remit en place une petite mèche de cheveux qui s'était échappée de derrière son oreille. Au contact de sa main sur sa joue, Terri eut un délicieux frisson.

— Mais je crains que les administrateurs ne voient plutôt un casino à cet endroit.

— Il y a suffisamment de bars à bord pour créer quelques lieux de perdition à moindres frais, remarqua Ben en riant. Je sens que tu bouillonnes encore d'idées. Je suis tout prêt à t'écouter, mais viens sous les couvertures.

Le cœur de Terri manqua un battement. Il l'invitait dans son lit ! Depuis qu'elle le connaissait, elle en rêvait.

— Là, c'est mieux, dit-il en lui remontant les couvertures sous le nez dès qu'elle se fut glissée dessous, à trente centimètres de lui.

Il se dégageait de son corps viril une chaleur troublante.

— Explique-moi pourquoi les hommes aiment dormir dans des chambres glaciales ? lui demanda-t-elle d'un ton léger pour cacher son trouble.

— Tiens, tiens, tu as fait ta petite étude ?

— Non. Mon père, le mari de Beth et Richard m'ont suffi comme spécimens.

— Peut-être est-ce un des mystères du psychisme masculin ? répondit Ben d'un ton amusé. Mais explique-moi un autre mystère, reprit-il d'un ton plus sérieux : je comprends que tu veuilles aider Juanita, mais jusqu'à essayer de lui trouver un emploi… Est-ce en souvenir de Richard ?

— Richard n'a rien à voir là-dedans ! s'écria-t-elle avec véhémence. A la fin de notre voyage de noces, c'était déjà fini entre nous, mais j'ai voulu respecter mes engagements. Et je m'imaginais que si nous avions un enfant, je pourrais reporter mon amour sur lui. Au moment de mes deux fausses couches, Richard n'était même pas là. J'ai découvert par la suite qu'en Californie il avait mis enceintes deux autres femmes. C'est pour fuir ses responsabilités qu'il déménageait sans cesse.

Ben chercha sa main et la serra.

— Quand tu m'as dit qu'il n'était ici que depuis quatre mois, j'ai compris qu'il ne pouvait pas être le père du bébé de Juanita. Je me suis renseignée auprès du capitaine Ortiz. Ses parents la maltraitaient, tout comme l'homme qui l'a mise enceinte. Elle ne s'est attachée à Richard que parce que lui ne la battait pas, même si elle le savait volage. Mais maintenant, il n'est plus là. Cette pauvre fille m'a fait tellement de peine…

Terri retenait ses larmes.

— Elle ne m'a rien demandé, reprit-elle après quelques instants de silence. C'est moi qui ai insisté pour lui donner un peu d'argent. Elle a même failli refuser celui de Parker. Quant au capitaine Ortiz, qui craignait au départ qu'elle ne m'en demande encore, lui aussi a fini par avoir pitié d'elle. C'est ainsi qu'il a bien voulu me prévenir qu'elle cherchait à me joindre. Et voilà. A présent, j'ai un problème à résoudre. Pardon, Ben, de te l'imposer. Tu n'avais vraiment pas besoin de ça. Je m'en veux aussi d'avoir fait des commentaires sur le règlement de ce paquebot de rêve. C'est sûr que tu étais plus tranquille avant d'être marié. Pardon, pardon, Ben.

Terri n'arrivait plus à cacher son chagrin. Elle se leva d'un bond et partit en courant.

— Terri, reviens, pour l'amour du ciel !

Craignant qu'il ne la poursuive jusque dans sa chambre, elle alla s'enfermer dans la salle de bains. Elle vit la poignée s'abaisser.

— Terri, il faut qu'on parle. Ouvre-moi.

— Non, je t'en prie. Dès que Juanita sera en état de prendre l'avion, je te promets que je partirai avec elle. Comme ça, tu seras débarrassé de moi.

— Tu es bien trop émotive. Alors pleure tout ton soûl. Je vais monter le thermostat de la chambre pour qu'il y fasse bon quand tu reviendras te coucher. Qu'en dis-tu ?

— Ben, demain est un grand jour pour toi. Le plus important de ta vie. Tu as besoin de dormir.

— Non, j'ai surtout besoin d'un bon massage relaxant de la part de ma merveilleuse petite femme. La première fois que tu m'as massé les jambes, tu as opéré un miracle !

Terri ravala ses larmes.

— Tu es inquiet ? Vraiment ?

— Et si le lancement échouait ?

— Quelle drôle d'idée !

— N'empêche que j'ai besoin de toi. Pour me rassurer, me dire que tout va bien se passer.

Personne ne pouvait imaginer son mari en proie à l'angoisse comme n'importe quel être humain. Mais Terri revoyait l'expression douloureuse et implorante de ses yeux gris le premier soir à l'hôpital.

Sans même réfléchir, elle prit sa lotion pour le corps et ouvrit la porte. Il était déjà retourné se coucher.

Elle le rejoignit dans la chambre, le fit mettre sur le ventre, remonta les jambes de son pantalon de pyjama jusqu'aux genoux et se lança dans un massage appliqué avec le plus grand bonheur. Elle l'aimait tellement.

— C'est divin, murmura-t-il au bout d'un moment.

Elle continua son massage jusqu'à ce que le souffle de Ben devienne régulier. Puis elle rabattit doucement les couvertures sur lui. Il s'était endormi.

Le lendemain, tout de suite après la cérémonie du baptême, l'*Atlantis* entreprit son premier voyage vers la pointe de l'Amérique du Sud.

Les deux familles, celle de Ben et celle de Terri, embarquèrent sur un des nombreux bateaux qui suivirent le paquebot pendant un certain temps. Ben resta debout derrière elle, à agiter la main, puis à utiliser et lui tendre les jumelles tour à tour, jusqu'à ce qu'ils disparaissent à l'horizon. De son bras libre, il la tenait par le cou ; il enfouit même plusieurs fois sa tête dans ses cheveux.

Il devait éprouver un mélange de joie, d'excitation et de soulagement ; tout s'était déroulé à la perfection. Terri était si heureuse pour lui qu'elle en avait les larmes aux yeux.

— Ne t'inquiète pas, tu pourras voir ta famille aussi souvent que tu le voudras, lui murmura-t-il à l'oreille.

Pour une fois, il n'avait pas su lire dans ses pensées. Il ne devinait pas encore que, désormais, il était tout pour elle.

Au moment de la quitter pour une inspection avec Carlos et l'ingénieur, il l'embrassa dans le cou.

Plusieurs heures s'étaient écoulées depuis. Comme d'autres résidents, elle était restée accoudée au bastingage du pont-promenade, fascinée par l'océan qui s'étendait à perte de vue.

Une équipe envoyée par une des principales chaînes de télévision pour couvrir cet événement sans précédent survolait encore le paquebot en hélicoptère.

Le ciel s'était couvert, l'eau paraissait plus grise. Ben s'attendait à un grain. Il avait hâte de voir comment l'*Atlantis* se comportait par gros temps, avant qu'il n'atteigne Buenos Aires, où d'autres propriétaires devaient embarquer.

Terri rentra bientôt manger un sandwich à l'appartement et troquer son joli ensemble mandarine contre un pantalon, un T-shirt et des tennis.

Elle était en route pour l'hôpital quand elle reçut un appel de l'entrepôt : où voulait-elle qu'on porte ses affaires ?

190

Elle fit tout envoyer à l'appartement, sauf les caisses et cartons marqués « bureau », qu'elle accompagna jusqu'à la future chambre de commerce. Là, elle entreprit aussitôt de les vider. Sa visite à Juanita et à son bébé devrait attendre.

Elle avait complètement perdu la notion du temps quand John Reagan apparut pour lui proposer un coup de main. Elle ne voulait pas le détourner de son travail, mais il insista.

— J'ai mis un mot sur ma porte pour dire que je suis ici. Apparemment, personne n'a encore eu besoin de moi.

Elle accepta donc son aide avec plaisir et, pendant une heure, ils s'activèrent ensemble tout en bavardant.

Quand il l'aida à placer au mur les grandes photos encadrées des plus beaux sites touristiques des Black Hills, il s'exclama :

— Eh ! vous savez que je suis déjà allé au mont Rushmore ? C'est fantastique ! C'était à l'occasion de la concentration Harley de Sturgis.

— Vous avez une Harley Davidson ?

— Oui. Je l'ai même ici, sur le paquebot. Je compte bien m'en servir à chaque escale.

— Un de mes petits copains en avait une et j'adorais monter derrière lui.

— Avec une moto, on peut aller n'importe où. Si vous voulez, je vous emmènerai un jour.

— Voilà une proposition bien sympathique, dit une voix grave dans leur dos.

Ils se retournèrent en même temps.

— Ben !

Chaque fois que son mari apparaissait, le cœur de Terri battait la chamade. Dans sa vareuse et son pantalon blanc, il était si beau ! Il les regardait, les yeux à demi fermés.

— Monsieur Herrick ! s'exclama John. Félicitations pour votre mariage.

— Merci, monsieur Reagan.

Le ton froid de Ben mit Terri mal à l'aise.

— John a eu la gentillesse de m'aider à déballer mes affaires.

— Il m'a pris de vitesse, on dirait.

Le jeune homme sourit.

— Je n'avais rien d'autre à faire. Et c'est un tel plaisir de discuter avec Mme Herrick.

— Depuis que nous sommes en mer, vous avez passé plus de temps avec elle que moi.

Serait-il jaloux ? Terri n'osait le croire.

— Si vous avez fini, nous pourrions aller voir le bébé, dit-il en se tournant vers elle. A moins que vous ne l'ayez déjà fait ensemble ?

— Non, répondit-elle posément, surprise de son ton persifleur. Je comptais y aller après avoir fini de m'installer. Eh bien, merci pour votre aide, John. Et n'oubliez pas vos outils.

Le jeune homme les rassembla en hâte, lui dit au revoir avec chaleur, puis salua Ben d'un signe de tête avant de disparaître.

— Qu'en penses-tu ? demanda Terri d'une voix aussi gaie que possible.

— Nous avons à bord une société spécialisée qui aurait pu agencer ce bureau selon tes goûts. Je ne pensais pas que tu y mettrais tes affaires personnelles.

« Pourquoi Ben avait-il l'air si contrarié ? » se demanda la jeune femme.

— Elles étaient chez moi, alors autant les utiliser. Cela te fera faire des économies. A moins que tu ne trouves pas cela assez beau pour l'image de marque de l'*Atlantis*.

Il parut se détendre.

— Je ne suis pas encore au bord de la faillite, mais j'apprécie ton sens de l'économie. Ce bureau est plein de charme ; il reflète parfaitement ta personnalité. Tu pourras demander au fleuriste toutes les plantes que tu veux. Bon, on y va ?

Terri quitta la pièce et prit avec Ben le chemin de l'hôpital. Il fallait à tout prix qu'elle le déride.

— Tu avais tort de t'inquiéter, lança-t-elle d'un ton guilleret. Ton paquebot de rêve navigue depuis des heures et il tient parfaitement la mer.

— C'est aussi ce qu'on a dit du *Titanic*.

Terri éclata de rire et lui prit la main. Pour sa plus grande joie, les doigts de Ben se refermèrent sur les siens.

— Voilà un film que nous ne regarderons pas. Que dirais-tu d'une bonne grosse pizza au lit devant une comédie délassante ?

— Tu n'as pas le mal de mer ?

— Non ; et heureusement que je n'en souffre pas ! Après tous les soucis que je t'ai déjà causés...

La réceptionniste de l'hôpital les accueillit avec chaleur.

— Comment va la mère ? demanda Ben avant que Terri n'ait pu ouvrir la bouche.

— Elle a beaucoup souffert. On lui a administré des calmants pour qu'elle dorme, mais vous pouvez aller voir la petite Rosita.

Un instant plus tard, une infirmière gantée leur montrait le bébé à travers une vitre.

— Oh, Ben ! s'écria Terri, émue. Regarde comme elle est mignonne avec ses petits cheveux noirs ! Juanita doit être si heureuse ! J'espère qu'elle me laissera la prendre.

Ben lui mit un bras rassurant autour des épaules.

— Mais oui, bien sûr ! En attendant, tu m'as mis l'eau à la bouche en parlant de pizza. On rentre ?

Il n'avait plus l'air contrarié. Elle s'en réjouit.

Le lit de Ben était l'endroit qu'elle aimait le plus au monde. Ils y mangèrent, regardèrent une comédie qui les fit rire, puis disputèrent une partie de cartes acharnée. Quand Ben lui fit promettre d'attendre le lendemain soir pour déballer ses caisses avec lui, un déclic se produisit dans sa tête.

— Ben, je suis désolée d'avoir sorti mes affaires sans toi. Je voulais me libérer au plus vite pour le cas où tu aurais besoin de moi. Moi aussi j'aurais été peinée de te trouver en train de le faire avec quelqu'un d'autre. C'est un peu tard pour le dire, mais je te promets qu'à l'avenir je réfléchirai davantage.

— Ne t'excuse pas, Terri. Si je me suis montré désagréable, c'est parce que j'étais déçu de ne pas te trouver à l'appartement. C'était une réaction purement égoïste.

« Ne t'en prive jamais », pensa-t-elle.

Ils se rendirent ensuite dans la cuisine pour ranger leurs plateaux.

— Ben, j'aimerais tant pouvoir t'être utile dans ton travail, déclara Terri. Dans cette pièce que j'ai aménagée pour en faire la chambre de commerce, je

195

pourrais aussi te servir d'assistante, si tu m'expliques ce que je peux faire.

— Nous parlerons de tout cela demain matin, si tu veux bien.

— Mais oui, bien sûr. Tu dois être fatigué après cette longue journée. Je voulais juste te dire une dernière chose : ton discours d'inauguration était remarquable. Tout le monde était suspendu à tes lèvres. En souvenir de ce grand jour, je t'ai fait fabriquer un petit cadeau à Lead. Je cours le chercher ; il est dans ma chambre.

Elle revint dans la cuisine et le lui tendit. Malgré son bras en écharpe, il réussit à enlever seul le papier. Dans un écrin de velours, il découvrit une chevalière en or sertie d'une pierre en onyx noir. A l'intérieur de l'anneau étaient gravés le nom « Atlantis » et la date du jour.

— Elle est superbe ! murmura Ben après un long silence ému. Peux-tu me la mettre ?

Quand elle l'eut glissée à son annulaire droit, il retint sa main et la porta à ses lèvres.

— Après l'alliance, cette chevalière. Ce sont deux trésors que je chérirai toute ma vie.

Le fait qu'il n'essaye pas de l'embrasser sur la bouche causa une telle tristesse à Terri qu'elle précipita les adieux pour s'enfuir dans sa chambre. Ben la désirerait-il un jour ?

Elle se jeta sur son lit et sanglota dans son oreiller jusqu'à ce que le sommeil eût raison d'elle.

Le lendemain matin, en s'éveillant, elle remarqua que le roulis était plus fort que la veille. Elle regarda par le hublot. La mer était effectivement plus agitée.

9 h 10 ! Elle n'avait pas entendu son réveil. Elle qui voulait servir son petit déjeuner à Ben, quelle piètre épouse elle faisait !

Elle se doucha et se maquilla en un temps record, enfila un pantalon et un T-shirt blancs, un blazer en toile bleu marine, des sandales à talon compensé, et se précipita dans la cuisine. Un mot de son mari était scotché sur la porte du frigo.

C'était lui qui lui avait préparé son petit déjeuner. Saucisses, œufs brouillés et pain grillé l'attendaient au chaud dans le four. Quel amour !

En arrivant à l'étage des bureaux un moment plus tard, elle entendit des voix s'échapper de la salle du conseil d'administration. Ben était-il en réunion ? Elle avança timidement jusqu'à son bureau.

Il était là.

Il se leva aussitôt et l'invita à entrer. Il en imposait dans son costume de soie bleu pâle.

— Je suis désolée d'arriver si tard, dit-elle d'un ton hésitant. Et merci pour ce délicieux petit déjeuner.

— Pour une fois que je peux faire quelque chose pour ma femme…

— Qu'est-ce que tu racontes ? C'est moi qui suis terriblement gâtée. Tu me traites comme une princesse. Bon, il est grand temps que je me mette au travail. Par quoi aimerais-tu que je commence ?

Elle surprit le regard de Ben sur ses lèvres.

— Viens avec moi, dit-il en faisant le tour de son grand bureau et la prenant par la main.

Quand elle comprit où il l'emmenait, elle essaya de résister, arguant qu'elle ne savait même pas prendre en sténo et ne lui serait d'aucune utilité, mais il insista.

En la tenant par les épaules, il la fit entrer dans la salle de réunion, où une dizaine de visages qu'elle reconnut se tournèrent vers elle. Ben la conduisit à l'autre bout de la grande table. Chacun la salua chaleureusement au passage.

— Messieurs ? Vous connaissez tous Terri, ma femme depuis hier. Vous vous rappelez sans doute qu'au cours de son discours de remerciement elle a évoqué quelques oublis concernant l'organisation de la vie à bord de l'*Atlantis*. Je lui demanderai donc, en sa qualité de directrice de la chambre de commerce, de nous faire part de ses suggestions sur les points qui lui semblent d'une importance vitale.

Avec une petite pression sur l'épaule, il ajouta à son intention :

— Prends ton temps.

10.

Terri s'était rarement trouvée à court de mots comme aujourd'hui.

Trente milliardaires de toutes nationalités attendaient poliment qu'elle commence à parler.

Quand, à l'occasion de son discours de mariage, elle avait parlé des lacunes relevées dans la brochure, elle ne s'était pas doutée à quel point cela avait pu blesser Ben. Il lui avait malgré tout baisé la main, mais cela lui avait sûrement demandé un grand effort, elle s'en rendait compte aujourd'hui. Et elle qui espérait un long baiser passionné !

Il prenait sa revanche et c'était normal.

Il ne lui restait plus qu'à faire preuve du maximum de professionnalisme pour ne pas lui faire davantage honte.

Ensuite, elle rassemblerait ses affaires et se ferait emmener en hélicoptère à l'aéroport le plus proche. De là, elle trouverait bien un vol pour le Dakota.

Ben ne demanderait pas tout de suite le divorce ; il lui saurait donc gré de cette initiative. Entre-temps, il pourrait toujours dire qu'elle avait dû se rendre d'urgence au chevet de sa mère souffrante.

Il aurait en revanche à résoudre seul le problème de Juanita, qui n'était pas encore en état de voyager. Du moins pouvait-elle se réjouir d'une chose : elle n'avait pas encore déballé ses cartons à l'appartement. Il pourrait donc les lui réexpédier tels quels.

— Bonjour, messieurs. Je ne m'attendais pas à ce que mon mari me demande de vous parler de sujets que nous avons évoqués en privé, lui et moi. Voilà bien le résultat d'un mariage éclair !

L'assemblée rit.

— J'espère que vous m'accorderez la même indulgence que celle dont bénéficie pendant trente jours le président des Etats-Unis à son arrivée à la Maison Blanche.

Face à elle, les hommes souriaient toujours. Le seul dont elle ne voyait pas le visage était Ben. Mais leur attitude était encourageante.

— Comme vous vous en doutez, nous avons eu bien d'autres préoccupations avant le mariage et c'est seulement il y a deux ou trois jours que j'ai pris connaissance du règlement intérieur du paquebot. J'ai été peinée d'apprendre que ni les animaux ni les enfants en bas âge n'y étaient admis. En tant que jeune épouse, j'aspire à fonder une famille ; l'idée d'avoir un chien ne me déplairait pas non plus. Alors j'ai réagi avec mes sentiments. Pour moi, une ville flottante doit représenter la société telle qu'elle existe. J'ai donc dit à mon mari que si nous étions un couple prêt à acheter un appartement sur ce fabuleux paquebot qu'est l'*Atlantis*, personnellement, en découvrant ces restrictions, j'y renoncerais. Je comprends bien que vous ne pensiez pas avoir de jeunes mariés à bord. Toutefois, je suis sûre que si vous décidiez de lever ces interdits, les appartements se vendraient en un rien de temps. Voilà, je vous ai fait part de ma modeste opinion. Croyez bien que si j'avais su ce que Ben avait en tête, j'aurais refusé d'entrer dans cette salle. J'ai bien trop de respect pour vous tous ; je ne voudrais surtout pas vous offenser.

Sans même regarder Ben, elle lui serra l'épaule.

— A tout à l'heure.

Puis elle prit congé des administrateurs et se dirigea vers la porte.

Un long silence suivit son départ.

A 5 heures de l'après-midi, sitôt la réunion terminée, Ben monta à l'appartement. Terri n'y était pas. Il l'appela sur son téléphone portable, mais tomba sur sa messagerie.

Déçu, il se précipita à l'hôpital, convaincu qu'elle avait passé la journée auprès de Juanita et de son bébé.

A sa grande surprise, les infirmières lui dirent qu'elles ne l'avaient pas vue.

Peut-être était-elle occupée à finir d'installer son bureau ?

C'est en le trouvant vide qu'il commença à avoir un mauvais pressentiment. Il se rua dans le bureau de John Reagan mais le directeur du service du personnel, lui non plus, n'avait pas vu Terri.

— Avez-vous essayé l'hôpital ? lui suggéra celui-ci. Elle se faisait du souci pour la jeune femme qui vient d'avoir un bébé.

— Merci pour la suggestion, rétorqua Ben, agacé.

Terri pouvait être n'importe où sur le paquebot. Il ne lui restait plus que la solution de l'appel au haut-parleur. Il contacta le commissaire de bord.

Un message demandant à Mme Herrick de prendre contact avec son mari fut aussitôt diffusé. Il ne lui restait plus qu'à remonter attendre à l'appartement.

Pendant qu'il rejoignait l'ascenseur, son téléphone portable sonna.

— Monsieur Herrick, c'est Leslie Cramer, du pont d'envol. J'ai entendu votre appel. Votre épouse a pris l'avion à midi.

Le cœur de Ben faillit s'arrêter.

— Par ce temps ?

— Il faisait moins mauvais tout à l'heure. Je pensais que vous étiez au courant. Elle a dit qu'elle devait rentrer à Guayaquil de toute urgence.

— Quel était le plan de vol ?

— Le pilote comptait faire une escale technique à La Cerita. Et si les conditions météo le permettaient, poursuivre jusqu'à Guayaquil.

— Pouvez-vous le joindre et me le passer ? Je reste en ligne.

— Bien, monsieur.

Des images de Terri défilaient dans sa tête. Son cœur se serra. Il en suffoquait. S'il lui arrivait quoi que ce soit…

— Monsieur Herrick ? J'ai Jim Nash en ligne. Je vous le passe.

— Jim ?

— Oui, monsieur Herrick.

Il y avait de la friture. La voix du pilote semblait lointaine.

— Etes-vous encore à La Cerita ?

— Oui. J'ai décidé d'attendre demain pour la suite

204

du vol. J'ai réservé des chambres à l'hôtel Flores. Mme Herrick y est déjà.

— Dieu soit loué ! Jim, ne décollez pas tant que je ne vous aurais pas donné le feu vert.

— Entendu, patron.

— Leslie ?

— Je suis là.

— Donnez-moi votre meilleur pilote pour m'emmener à l'aéroport le plus proche.

— Un instant. Voyons… Jack pourrait vous emmener à San Cristobal.

— Parfait. De là, je rejoindrai La Cerita en voiture. J'arrive. Dites au pilote de se tenir prêt.

La Cerita était une petite ville de trente mille habitants.

Jim Nash s'était montré extrêmement gentil avec Terri, mais quand elle l'avait supplié de poursuivre le vol jusqu'à Guayaquil, il avait refusé catégoriquement.

Il avait chargé un taxi de la conduire à l'hôtel Flores et lui avait dit qu'il l'y rejoindrait. Trois heures s'étaient écoulées depuis.

Elle se résolut à aller dîner sans lui, puis elle retourna à sa chambre en supposant qu'elle n'aurait de ses nouvelles que le lendemain matin.

Heureusement qu'elle avait pu quitter l'*Atlantis* ! Après son éprouvante séance avec les administrateurs, elle n'aurait jamais eu le courage de se retrouver face à Ben.

Dès qu'elle serait à Lead, elle demanderait l'annulation de leur mariage.

Elle baissa les yeux sur son annulaire. Elle avait laissé volontairement les deux bagues que Ben lui avait offertes sur la commode de la chambre d'amis. Elle ne voulait aucun souvenir tangible de lui.

Elle était effondrée. Comment allait-elle pouvoir affronter la nuit ? Et le reste de sa vie ?

Beth. Oui, elle allait appeler sa sœur.

Elle avait la main sur le téléphone quand on frappa à la porte. Elle se leva aussitôt, pensant que c'était le pilote.

— Jim ?

— C'est Ben. Ouvre-moi, Terri.

Elle se figea sur place en entendant sa voix. Non... ce n'était pas possible !

— Dois-je demander au directeur de faire ouvrir la porte parce que ma femme est trop faible pour sortir de son lit ?

— Non, le supplia-t-elle, cherchant son souffle. J'arrive.

Tout en allant retirer la chaîne, elle fut prise d'un

tremblement incontrôlable. Ben se précipita à l'intérieur de la pièce et claqua la porte derrière lui.

Elle recula, interloquée. Son visage n'exprimait pas la colère, mais une émotion qu'elle ne comprenait pas.

Dans la faible lueur de la lampe de chevet, il paraissait hagard. Il respirait avec difficulté, comme quelqu'un qui viendrait de courir plusieurs kilomètres sans s'arrêter.

Il n'avait plus le bras en écharpe. Son pantalon blanc était mouillé et froissé, et ses cheveux bruns décoiffés.

— J... Jim a dit que c'était trop dangereux de voler ce soir.

— Comme tu le vois, c'est quand même possible.

Il la saisit par les bras pour l'attirer vers lui.

Elle poussa un cri de surprise.

Ses yeux gris exprimaient la même douleur que le soir où elle s'était penchée sur lui à l'hôpital. Ils lui lançaient le même appel désespéré.

— Qu'est-ce que tu as ? murmura-t-elle d'une voix blanche.

Ses doigts lui faisaient mal, mais il ne semblait pas s'en rendre compte.

— Pourquoi as-tu quitté le navire ? demanda-t-il.

C'était l'heure de vérité. Autant tout lui dire et en finir avec ce cauchemar pour eux deux.

Des larmes brûlantes jaillirent des yeux de Terri.

— Parce que je savais que tu ne me supportais plus.

Un son indistinct s'échappa de la gorge de Ben.

— Pour l'amour du ciel, où es-tu allée chercher cette idée ?

— Parce que tu m'as jetée en pâture aux loups ce matin ! Après le mal que je t'ai fait, je sais que je l'avais mérité… Le mieux que j'avais à faire était de sortir de ta vie, sanglota-t-elle.

— Mais comment penses-tu m'avoir fait du mal ? Comment ? demanda-t-il, sidéré, en la secouant doucement.

— Le soir de notre mariage, j'ai piétiné ton beau rêve… Toi tu m'as tout donné et moi… moi…

Elle ne pouvait même plus parler.

Il l'attira contre lui.

— Tu n'as fait qu'exprimer ce que je sais depuis que cette idée folle a germé dans ma tête à l'université. Pour réaliser des rêves à si grande échelle, il faut des commanditaires. Cela veut dire aussi qu'il faut accepter des compromis. J'ai essayé de m'en accommoder. Jusqu'à ce que mon adorable petite femme exprime tout haut ce que je pensais tout bas depuis le début. Si quelqu'un s'en veut, c'est moi. De t'avoir mise dans cette position ce matin. Je sais que ce que j'ai fait est impardonnable, mais si toi, tu n'arrivais pas à les convaincre, personne ne le pourrait.

Terri renifla doucement. Elle n'en croyait pas ses oreilles. Elle s'écarta un peu et redressa lentement la tête.

— Tu pensais vraiment que moi, je pouvais réussir mieux que toi ?

— Je t'ai dit que tu étais une femme extraordinaire. Le jour où tu es entrée dans ma chambre d'hôpital, tu as transformé ma vie.

— C'est vrai ? demanda-t-elle d'une petite voix.

— Oui, mon amour. Tu n'imagines pas à quel point je me suis senti coupable. Tu étais là, à la recherche de ton ex-mari. Du fond de mon lit, je n'arrivais pas à te dire qu'il était mort. Et je t'aimais déjà si fort que, sans toi, je savais que la vie ne m'intéresserait plus. Il faut me croire, Terri : si tu n'avais pas accepté que je glisse cette bague à ton doigt à Lead, j'aurais laissé l'*Atlantis* prendre le large sans moi ; parce que je refusais d'aller où que ce soit sans toi.

— Oh ! mon amour !

Terri se jeta à son cou.

— Moi, je suis tombée amoureuse de toi à l'instant même où mon regard a plongé dans le tien. Dans tes beaux yeux gris à l'expression tourmentée. Je voulais à tout prix atténuer ta souffrance. J'ai eu envie de m'allonger à tes côtés et te prendre dans mes bras pour te réconforter. J'étais encore plus fautive que toi, Ben. Je ne savais même pas si tu avais une femme, et je m'en moquais. J'avais trouvé l'homme que je cherchais depuis toujours. Je ne t'aurais jamais laissé partir. Je t'aime plus que ma propre vie… Je…

La suite fut étouffée par la bouche vorace de Ben. Il la prit dans ses bras et la porta jusqu'au lit.

— Sais-tu à quel point je te trouve belle ? Combien, depuis le premier jour, je meurs d'envie de te faire l'amour ?

Terri était au comble du bonheur. Après ces jours passés à contenir sa propre passion, les mots ne lui suffisaient plus, à elle non plus.

Les mains de Ben, sa bouche gourmande la rendaient folle. Le corps brûlant de désir, elle réagit à son étreinte passionnée.

Elle perdit bientôt la notion du temps et de l'espace, pour se donner à l'homme qui avait capturé son cœur et son âme.

* *
*

La sonnerie insistante du téléphone lui tira un grognement. Après une nuit d'amour torride, elle s'était endormie dans les bras de son mari adoré.

Elle sentit sa poitrine se soulever sous sa tête, et lorsqu'il finit par décrocher le combiné, sa voix était plus grave que d'ordinaire. Terri adorait cette voix, elle adorait tout de lui.

Dès qu'il eut raccroché, il chercha sa bouche comme s'il était en manque. Elle répondit à son baiser avec la même ardeur, mourant d'envie de refaire l'amour encore et encore.

Ils gémissaient d'extase quand il se releva brusquement sur un coude.

— Chéri… qu'y a-t-il ? Ton épaule te fait mal ?

— Non, mon amour. Mais c'était Jim au téléphone. Il dit qu'il y a une petite chance de pouvoir retourner au bateau si nous partons tout de suite. Sinon, nous risquons d'avoir à attendre encore vingt-quatre heures.

— Où est ton avion ?

— A San Cristobal. J'ai loué une voiture pour venir jusqu'ici.

— Oh ! Ben, je suis désolée. Je te cause sans cesse des ennuis.

— Chut... murmura-t-il tendrement tout contre sa bouche.

— Alors, allons-y. Ne faisons pas attendre Jim.

Elle fit un effort surhumain pour se détacher de lui et courir à la salle de bains.

Ben la suivit jusque dans la cabine de douche.

— Si tu restes, nous ne sommes pas près d'en sortir, dit-elle en rougissant.

Il répondit par un sourire coquin.

— Tu es déjà fatiguée de ton mari ?

— Tu sais bien que non, voyons !

Elle aurait donné cher pour rester dans cette chambre d'hôtel avec lui et oublier le reste du monde. Mais Ben avait des responsabilités à assumer. Ce n'était que le deuxième jour de navigation.

— Un mot de toi et je dis à Jim que nous restons ici.

Elle prit son beau visage entre ses mains.

— Nous pourrons aussi faire l'amour à bord.

— C'est une promesse ? demanda Ben, l'œil enflammé.

— Tu sais bien que je suis folle de toi.

— Assez pour avoir un enfant de moi ?

— C'est mon vœu le plus cher. Rentrons vite chez nous. Nous avons beaucoup de temps à rattraper.

Il l'embrassa passionnément.

— Bon, je te laisse prendre ta douche seule pour cette fois, mais de retour sur le paquebot, je ne serai pas aussi sage.

Le visage de Ben redevint soudain sérieux.

— Qu'y a-t-il, mon amour ?

— J'ai oublié de te dire une chose importante. Mais il ne faut pas que cela change quoi que ce soit entre nous.

— Il y a quelque chose en moi que tu n'aimes pas.

— Mais non ! Mais tu mets une telle passion dans tout ce que tu fais…

— Je sais, c'est mon gros défaut.

— Au contraire. C'est un don. Tu as un tel pouvoir de conviction que tu as réussi à faire admettre aux membres du conseil d'administration qu'ils avaient commis une erreur. Ils sont d'accord pour lever l'interdiction d'avoir des enfants et des animaux domestiques à bord. Tu vas être chargée de mettre sur pied des écoles et des garderies d'enfants. Et ils veulent aussi que tu rédiges une nouvelle brochure pour la vente des appartements.

Terri poussa un cri de joie.

— Ben !

— Aïe, aïe, je connais ce regard.

— Quel regard ?

— Tu es déjà toute à ton nouveau projet. Et moi, je n'ai pas envie de te partager.

— Tu passeras toujours avant tout le reste, mon amour.

— Tu dis cela aujourd'hui…

— Il en sera ainsi jusqu'à la fin de mes jours.

Terri était étonnée de le découvrir aussi vulnérable.

— Moi non plus, je n'aime pas être séparée de toi, mais j'ai une idée. Pourquoi ne pas déplacer la chambre de commerce dans tes bureaux ? Comme cela, je serai tout près de toi dans la journée aussi.

Ben la serra tendrement contre lui.

— Et nous passerons tous nos instants libres dans les bras l'un de l'autre. Je t'aime, Terri.

Épilogue

Gênes, Italie

Il était 5 heures de l'après-midi. Ben posa son stylo. Il espérait à tout moment voir Terri apparaître, tout excitée, pour lui raconter sa journée de courses.

Elle était descendue à terre avec Juanita pour acheter le matériel qui manquait à la garderie dont celle-ci s'occupait désormais avec deux puéricultrices diplômées. Tous les appartements étaient vendus et il y avait beaucoup d'enfants à bord.

Terri lui manquait. Ben n'avait de goût à rien quand elle était loin de lui. Il décida de retourner à l'appartement. Pendant que l'*Atlantis* croisait en Méditerranée, il comptait lui faire la surprise de l'emmener quelques jours à Venise et à Florence pour fêter leurs quatre mois de mariage.

Ils descendraient dans un charmant hôtel de Toscane, où ils pourraient s'aimer jour et nuit.

L'amour de Terri le comblait. Et cela semblait réciproque. Mais s'en contenterait-elle s'ils ne pouvaient pas avoir d'enfants ? Si elle n'arrivait pas à mener une grossesse à terme ?

Il ne voulait pas évoquer le problème pendant leur petit voyage. Rien ne devait venir troubler cette lune de miel. A peine sorti de l'ascenseur, il l'appela. Mais il n'obtint pas de réponse. Il en fut si déçu qu'il s'en étonna lui-même.

Un mot était scotché à la porte de leur chambre.

« Va te doucher dans la chambre d'amis. Tu trouveras des vêtements sur le lit. Aussitôt prêt, reviens frapper trois coups. »

Sa première réaction fut de rire, mais un désir fou s'empara de lui en même temps. Un de ces jours, elle le ferait mourir d'une crise cardiaque !

Il se hâta de se doucher, puis enfila la robe de chambre neuve de soie beige qui était posée sur le lit. Un motif égyptien en ornait la poitrine.

Au moment de frapper à la porte, il était dans un tel état d'excitation que sa main en tremblait.

— Allez-vous-en, sauf si vous êtes mon chevalier servant Oraste.

Oraste ?

— Ce soir, je célèbre les bienfaits de la vie. Seul Oraste a droit à ma divine compagnie.

Un déclic se fit dans la tête de Ben.

— C'est moi, Oraste, Votre Majesté.

— Comment puis-je en être sûre ?

— Vous connaissez ma voix, belle dame. Je ne vis que pour vous servir.

— Tu peux entrer.

En ouvrant la porte, Ben eut l'impression de remonter le temps. La pièce était décorée comme le palais d'un pharaon et sur le lit trônait la tentatrice, éblouissante dans une vaporeuse robe longue en voile blanc. Ses grands yeux bleus soulignés de khôl noir brillaient comme deux pierres précieuses.

— Viens ici, mon amour, lui dit-elle en lui tendant les bras. J'ai un présent à t'offrir. Ce sera notre dernière étreinte avant que les gardes du pharaon ne nous découvrent.

Terri était déjà pour Ben la femme la plus excitante du monde, mais ce soir, elle s'était surpassée. Il la trouvait à la fois mystérieuse et provocante.

— Oraste…, murmura-t-elle d'une voix lascive.

Il se souvint alors du film qu'ils avaient regardé ensemble le premier soir. Le chevalier servant avait été momifié vivant pour avoir osé aimer la reine.

Se prenant au jeu, il la rejoignit sur le lit, brûlant

d'envie d'écraser sa bouche sur les lèvres sensuelles de sa reine, mais elle lui mit un petit paquet dans les mains.

Les sens en émoi, il l'ouvrit avec une précipitation maladroite.

Il lui fallut une bonne minute pour quitter l'Antiquité et reconnaître l'objet. C'était un test de grossesse. Positif.

— Mon amour ! s'écria-t-il.

Ils s'enlacèrent comme s'ils n'avaient plus qu'une heure à vivre.

— Mon amour, répéta-t-il en embrassant fiévreusement son visage et son cou. J'en rêve depuis si longtemps !

Il chercha son regard.

— Je vais si bien te dorloter qu'il ne pourra rien arriver à notre enfant.

Terri avait les yeux emplis de larmes. Des larmes de bonheur.

— Je sais qu'il ne lui arrivera rien. J'ai passé le premier trimestre de grossesse.

— Quoi ?

— Oui, je suis enceinte de quinze semaines. L'obstétricien du paquebot dit que tout va bien. C'est parce que je suis mariée à l'homme le plus merveilleux du monde.

— Terri… Tu ne m'as rien dit pendant tout ce temps ?

— Ne sois pas fâché.

— Mais non. Je suis si heureux !

— Tu n'avais rien remarqué ?

Ben eut un sourire coquin.

— Si, quelques rondeurs en plus, juste là où il faut, murmura-t-il avant de dévorer sa bouche. En entrant, tout à l'heure, je t'ai trouvée plus belle que jamais.

Terri ferma à demi les yeux.

— Je suis la plus heureuse des femmes. Allons, viens vite. Etreins-moi encore une fois. Les gardes du pharaon arrivent… avec un délicieux dîner préparé par ton chef favori.

— Tout de suite ? grogna-t-il.

— Eh oui ! dit-elle en l'attirant contre elle. Mais ne t'en fais pas, mon amour. Nous aurons l'éternité pour nous aimer.

collection Horizon

LEÇONS DE SÉDUCTION, de Patricia Mae White • n°2097

Lorsque Brett Callahan, son voisin, lui demande de devenir son « professeur d'amour », Josie Matthews est tout d'abord amusée : il est vrai que Brett ne sait pas s'y prendre avec les femmes. Mais très vite, elle se laisse prendre au jeu, et découvre que, malgré ce qu'il croit, Brett a tout du mari idéal...

LES FIANCÉS DE LA SAINT-VALENTIN, de Kate Denton • n°2098

Lorsqu'elle arrive dans la petite ville de Valentine, Jan Armstrong se sent soulagée : ici, elle pourra commencer une nouvelle vie et oublier son douloureux divorce. Mais très vite, elle fait la connaissance de Clark Brennan. Clark, un homme aussi séduisant qu'exaspérant, qui semble bien décidé à la convaincre que tous les hommes ne sont pas comme son ex-mari...

DEUX BÉBÉS EN CADEAU, de Leigh Michaels • n°2099

Quand Nikki accepte de garder les jumeaux de ses amis Laura et Stephen, elle est loin de se douter de ce qui l'attend ! Car non seulement ces derniers se retrouvent bloqués aux Caraïbes, mais elle doit en plus compter avec l'intervention de Seth, le beau-frère de Laura, qui prétend savoir s'occuper mieux qu'elle des enfants !

UNE FAMILLE À CHÉRIR, de Judy Christenberry • n°2100

Le jour où Maggie Woodward arrive chez lui afin d'y occuper la fonction de gouvernante, Hank Brownlee croit tout d'abord à une erreur : il cherchait une personne d'une cinquantaine d'années pour tenir compagnie à son père et prendre soin de la maison... Rien à voir, évidemment, avec la toute jeune femme qui se présente avec son petit garçon de quatre ans ...

Attention, numérotation des livres pour le Canada différente : n°827 au n°830.

69 L'ASTROLOGIE EN DIRECT
TOUT AU LONG
DE L'ANNÉE.

(France métropolitaine uniquement)
Par téléphone 08.92.68.41.01
0,34 € la minute (Serveur JET MULTIMÉDIA).

Composé et édité par les
éditions Harlequin
Achevé d'imprimer en décembre 2006

BUSSIÈRE
GROUPE CPI

à Saint-Amand-Montrond (Cher)
Dépôt légal : janvier 2007
N° d'imprimeur : 62314 — N° d'éditeur : 12571

Imprimé en France